Rainar Nitzsche:
Von Engeln, Erleuchtung und Ewigkeit

Der Autor

Dr. Rainar Nitzsche wurde am 27.12.55 in Berlin geboren, ging im Saarland zur Schule und lebt in Kaiserslautern, wo er Biologie studierte und über Brautgeschenke bei Spinnen promovierte. Er ist gelernter Buchhändler und gründete 1989 den Rainar Nitzsche Verlag. Seit 2015 veröffentlicht er nicht mehr in seinem eigenen Verlag, sondern als Autor seine Belletristik und Kunstbücher in Buchform und als E-Books bei BoD und neobooks.

Seit seiner Jugend fotografiert er Tiere, insbesondere Insekten und Spinnen, die sich in seinen Sachbüchern: u. a. *Spinnen kennen lernen, Spinnen-Sex und mehr*, aber auch in den Kunstbüchern mit Verfremdung wiederfinden: u. a. *Spinnenkunstwelten 2* (2010), *Spinnen fantastisch verfremdet* (2016), *Aliens* (2016).

»Spinnerei« nennt er seine Belletristik (Lyrik und Prosa): die anspruchsvollen Fantasyromane *Die Pfadwelten* (Gesamtausgabe 2015), *Der Leuchtende Pfad des Magiers* (1998, 2015), *Wandlungen der Drei* (2004, 2015), *Wüsten-Berges-Himmels-Weiten* (2005/2015), *Ins All - Im Eins* (2005/2015) (Reise durch die Bioregionen und Kulturen der Erde und den Kosmos). Thematisch geordnete Sammelbände fantastischer Kurzprosa sind: die Mondintrilogie *Ruf der Mondin* (1992), *Im Licht der Vollen Mondin* (1996), *Mondin-Schein und Sein* (2001) (Nachtgeschichten), *Aton - Vater Sonn* (2001, Taggeschichten), *Still riefen uns die Sterne* (2001, Weltraumgeschichten), *Spiegelwelten deiner Seele* (2001/2016, Spiegelungen), *Spinnentraumgespinste* (2007/2008, Spinnengeschichten), *Das Schlafende steht auf aus seinen Träumen* (2010, Fantastisches). Die hiermit vorliegende dritte Auflage des Titels *Von Engeln, Erleuchtung und Ewigkeit* (2006/2007, meditative Texte), wurde vollständig überarbeitet und erweitert.

Rainar Nitzsche

Von Engeln, Erleuchtung und Ewigkeit

Meditative Kurzprosa

Impressum

Rainar Nitzsche
Von Engeln, Erleuchtung und Ewigkeit
Meditative Kurzprosa
3. überarbeitete und erweiterte Auflage
(1. und 2. Auflage: Rainar Nitzsche / Harald Fuchs
2006/2007 im Rainar Nitzsche Verlag erschienen)

Fotografie und Effekte: Dr. Rainar Nitzsche
Frontcover: *MirrorWaves*
(verfremdetes Gemälde von Elke Bouché)
Titelblatt: *Spirallampe* (Casa Battlo, Barcelona)
Backcover: *Selbstporträt, Säulen himmelwärts*
(Sacrada Familia, Barcelona)
Computersatz: Dr. Rainar Nitzsche

© 2016 Herstellung und Verlag:
BoD – Books on Demand, Norderstedt
ISBN 978-3-7412-6662-1

MIX
Papier aus verantwortungsvollen Quellen
Paper from responsible sources
FSC® C105338

Vorwort

Du wurdest geboren. Jetzt lebst du. Nichts kann dich jetzt mehr auslöschen. Auch der Aufprall des Autos dort vorne auf der Kreuzung und dein qualvoller Tod können dein Leben niemals löschen, sondern nur beenden. Du hast gelebt, also *bist* du!

Wie glücklich wir alle sind, die wir einmal und für alle Zeiten um unser ewiges und unvergängliches Sein wissen.

Liebe Leserin, lieber Leser, nach diesen Worten verstehen Sie / verstehst du vielleicht ein wenig das Lächeln der Erleuchteten.

Ob es nun »Götter« dort über / unter / in oder jenseits von uns gibt oder nicht, eines Tages wird es auch dem Menschen möglich sein, die Grenzen zu durchbrechen, die Zeit zu überwinden, mittels Reisen auf rotierenden Zylindern in die Zukunft oder materielos mit verändertem Geist. Und wenn nicht dem Menschen, so mag all das einem zukünftigen im Menschen verwurzelten Wesen gelingen. Und nicht nur unsere Nachfahren, auch andere Wesen anderer Welten mögen in der Zeit reisen.

Doch was auch immer geschehen wird / geschah / geschieht, eins bleibt für alle Ewigkeit: Ich habe dieses Buch geschrieben. Also ist es. Ewig und unauslöschlich ist es nun in all seinen Variationen vor und nach dem Erscheinen in den Raumzeiten geborgen. Dort und hier ist es und wartet auf seine LeserInnen, die heutigen, die von morgen, die von übermorgen und vielleicht auch auf die von gestern, welche Sprachen auch immer sie sprechen mögen, ob es nun Menschen sind oder nicht.

Ihr Dr. Rainar Nitzsche
Kaiserslautern
September 2016 A. D.

Ich bin
weil all die anderen
vor mir waren
und nicht starben
bevor sie gebaren

Die Namen *Mondin* und *Sonn* in den alphabetisch angeordneten Texten stehen für *Mond* und *Sonne*. Der Vollmond wird hier »Volle Mondin« genannt. Der erwähnte *Park* ist der Kolpingplatz in Kaiserslautern, der Ort der Rahmenhandlung meines Buches *Ruf der Mondin*.

Inhalt

Abendbild	9
Alles ist	11
Andere Wege	13
Aufbruch ins Nichts	14
Die Berge?	16
Blick empor	17
Dein Weg	18
Denn alles ist	19
Einst zu einer Zeit	20
Ende eines Erdenlebens	21
Engel	22
Ein Engel wird geboren	23
Enten auf dem See	25
Erinnerungen	26
Erwachen	27
Es wächst in mir	29
Ewig und immer wieder	30
Fall	31
Feder	33
Fensterblick	35
Die Flügel der Engel	36
Ein Flüstern	37
Fragen an dich	38
Fußgängerzone	39
Ganeshas Tränen	40
Geburt - Leben - Tod	41
Gehen	42
GOTT	44
Grün im Blau	45
Happy End	46
Heimgekehrt	47
Der Held und sein Gott	48
Herz und Hirn und Bauch	50
High	51
Himmel und Erde	52
Höllenqualen und ...	53
Ich bin ...	55
Ich bin Mensch	56
Im Zentrum ist Stille	57
Inter-esse	60
Irgendwo	61
Irgendwoanders	62
Jederzeit	63
Jetzt	64
Kein Dach	65
Die Kerze	67
Kerzenlicht	68
Kleiner Gott Rainar	69
Kundalini	70
Der Kuss	72
Lachen, weinen, lächeln	74
Lebenslänglich	75
Lebenstodesgedanken	76
Leere	77
Letzte Gedanken	78
Leuchtende Blasen	79
Licht und Lied	80
Manchmal	81
Mu	82

Nie mehr Krieg!	83
Der Plus-Minus-Mensch	85
Pusteblume	86
Quo vadis?	87
Rashomon - Wahrheiten	88
Raum	89
Samsara	91
Satori	92
Der Sehende	93
Seifenblasen?	94
Shunyata	95
So klar?	96
So wollen wir nicht sein!	98
Spartakus	99
Sphinx	100
Spieler	102
Sprudeln	103
Sterben dort und hier	104
Straße hinter den Toren	105
Sturz von der Klippe	108
Tai-Chi-chuan	113
Tanzen	115
Tod der Väter und Söhne	116
Tod eines Penners	118
Tränen und Lächeln	122
Trance	123
Unser aller Tod	124
Verkaufsfahrt	126
Von Höllen und Himmeln	128
Wächter der Ewigkeit	129
Warum weinst du?	131
Wasser und Feuer	132
Weinen	133
Wellen	134
Die Welt steht still	135
»Wer bist du?«	136
Wer wir sind?	137
Wiesen	140
Wind weht	142
WIR und er	143
Wirf ab!	144
Das Wispern	145
Yin Yang	148
Zuhause	149

Abendbild

Du schaust auf. Schwarze Wolken rasen dort oben nach hinten über dich hinweg.

Du schaust hinab in einen rot leuchtenden Spiegel, den stillen glatten See, über den deine Füße langsam dem weißen Licht in der Ferne entgegenschreiten.

Eine Stimme in dir flüstert: »Das ist dein Tod!«

Längst hast du innegehalten. Staunend stehst du da und schaust in den Himmel. Mauersegler rasen um die Häuser an den Ufern und über dem See dahin. Sehnsucht steigt auf in dir: Ach, könnte ich doch sein wie sie! Sprachlos, gänzlich weggetreten, gedankenlos, eingetaucht in Stille verharrst du noch immer an diesem einen Ort, vielleicht nur für einen Bruchteil von Sekunden, bevor dich ihre Rufe wecken. Sie lassen dein Innerstes erbeben.

Dann aber erreichen andere Laute deine Ohren. Längst stehst du wieder auf fester Erde. Da ist ein Brausen in den Lüften. Du drehst deinen Kopf und siehst am Horizont Schwärme von Fliegen sich erheben. Da müssen ja Massen von Leichen liegen!, denkst du. Schmeißfliegen, Goldfliegen, ja, die müssen es sein! Und schon sind sie bei dir: so dicht, so nah! Und so erkennst du sie, denn vor langer Zeit hast du zahlreiche ihrer Art als Maden in einer Zoohandlung gekauft. Aus den Maden wurden Puppen. Aus den Puppen krochen und flogen Fliegen auf. Die aber waren Futter für deine Spinnen oder wurden zu Brautgeschenken verarbeitet.

Rabenschwarze Nacht. In der Ferne heulen Wölfe.

Deine Nackenhaare sträuben sich. Ein Gedanke nur: Da schleicht doch was um mich herum! Angst solltest du haben, denn sehen kannst du in dieser Schwärze nichts. Blind bückst du dich und ertastest das seidige Fell, streichelst sanft darüber.

Die Katze streicht schnurrend um deine Beine.

»Mau?«, fragst du verwundert. Denn du kennst sie aus alten Zeiten.

Sie springt auf deinen Schoß, der du nun in der Wiese kniest. Dann leckt sie dein Gesicht, küsst deinen Mund. Schrumpfst du oder wächst ihr Kopf gigantisch an?

Sie öffnet ihr Mau..., nein, ihren Katzenmund, schluckt dich hinunter und springt empor durch die schwarze Wolkenwand, immer weiter hinauf ins Sternenmeer, dem hellsten auf Erden sichtbaren Stern, Sirius entgegen.

Einst sahen Menschen über der großen Wüste in Ägypten dort Anubis in den Sternen. Niemals aber strahlte da nur ein einzelner Stern. Denn ein weißer Zwerg umkreist seinen großen Bruder. Ach, weitere Zwerge mögen da noch existieren, die kein Menschenauge bisher sah. Daher also diese Helligkeit in der Nacht auf Erden.

Das aber sind Menschengedanken, die längst hinter dir liegen. Denn du bist in ihr, *du* bist *Mau*.

Wir hören die Anderen uns miauend und schnurrend flüsternd begrüßen. Wir sind am Ziel. Wir öffnen all unsere Sinne und erzittern. Wir neigen unsere Köpfe voller Demut in den Sand, der unsere Heimat ist. So preisen wir den einen GOTT mit einem Miauen, das in Menschensprache lautet: Allahu akbar!

Alles ist

Alles ist.

Das ist das Sein, *eine* Sicht der Welt. Du hast einen Namen, das ist dein Sein. Jede Sekunde bist du ein anderer und doch ist da Konstanz, bist du die *eine* Person, der *eine* Klang im großen kosmischen Chor. Das ist *dein* kleines Sein im großen Sein.

Gleiches gilt für alle Menschen, für alle Tiere und Pflanzen, Pilze, Bakterien, Viren, für Erde, Monde, Planeten, Sonn und All. Alle sind wir der Zeit unterworfen. Alle sind wir Raum und Zeit. Höhe, Länge, Breite sind wir, auch Zeit.

Da ist das schreiende Baby Rainar, da ist der Schüler, da ist der Student, da bin ich hier mit meinem Kugelschreiber in der Hand, der ich dies schreibe, da sitze ich am Monitor und tippe diese, meine Worte ein. Das sind nur einige Zeitkoordinaten von mir.

Eigentlich ist die vierte Dimension nichts anderes als die anderen drei Dimensionen, theoretisch gibt es ja unendlich viele - und wie viele sind es wirklich in diesem einen der vielen Universen?

Es könnte nun Wesen geben, die nicht so in der Zeit gefangen sind wie wir. So wären es keine Lebewesen. Ewige Götter wären sie für uns. Sie aber, denen die Zeit kein Hindernis ist, könnten überall sein, wenn sie wollten - an jedem Ort zu jeder Zeit.

Hätten sie Augen und Ohren, hätten sie Geist, so sähen sie dich von Geburt bis zum Tod, lauschten dem Beginn der Erde und ihrem Ende, nähmen den Urknall des Alls, seinen Wärmetod und alles, was dazwischen liegt, mit diesen, ihren Sinnen wahr.

Nichts wäre ihnen verborgen, nichts!

Nichts könnte vor ihnen verborgen werden.

Jede Handlung eines Menschen, jede gute Tat, jede Lüge, jedes geschriebene Wort, nichts ginge vor ihren »Augen« verloren.

Und so ist alles, was geschieht, ewig.

Und so sind wir alle unsterblich.

Und *ein* Name für all diese Wesen und alles andere auch in *einer* Sprache auf *einem* Planeten zu *einer* Zeit lautet GOTT.

Andere Wege

Du findest dich wieder in einem Käfig aus Stahl.
Du rennst gegen die Gitter an und schreist:
»I c h   w i l l   h i e r   r a u s !!!«
Du tust es immer und immer und immer wieder.
Blutend und müde gibst du schließlich auf.

»Das ist nicht der Weg«, flüstert eine Stimme in deinem Traum. »Andere Wege führen in die Weite. Setze dich nieder auf die Erde! Schließe deine Augen in Stille! So zerfließen leise die Räume zu Staub.«

Du öffnest deine Augen und - erinnerst dich.
Du tust, was die Stimme dir riet.
Du schließt deine Augen.
Du öffnest sie *nie* mehr.
Lautlos singt Zeit.
Längst weilst du fern aller Grenzen.

Aufbruch ins Nichts

Und jetzt am Morgen auf dem Weg zur täglichen Arbeit öffnen sich die Tore zur Schwärze in dir.

»Welche Tore? Welche Schwärze? Und überhaupt wo und wohin?, möchte der neugierige Leser gerne wissen.
Doch alles ist längst vergangen und nicht vergessen, doch alles ...
Nun gut, ich, der ich diese Zeilen niederschrieb, will es dem Neugierigen doch verraten: Schwärze tat sich auf hinter seinen Augen, hinterrücks - in seinem Hinterkopf.

Später dann am Wochenende erinnerst du dich wieder an dieses eine Bild in dir, jetzt wo du in deiner Wohnung vor dem Spiegel stehst. Du schaust hinein, du drehst dich einmal um dich selbst: Vollkommene Schwärze umgibt deinen Körper, so weit du ihn siehst. Und da sind weder Hirn noch Schädel noch Haut noch Haar. Ein strahlendhell leuchtendes Gesicht schaut dich an: Stirn, Augen, Nase, Lippen, Wangen und Kinn und Ohren. Und dieses Fragment von einem Kopf thront auf deinem ansonsten unversehrten Körper.

Jedes Tor ist der Weg zu *einem* All. Und all das Leid aller Dinge und Wesen - »Buddha«, flüstert tief in deinem Innern eine Stimme dir zu. »Buddha, das ist der Erleuchtete« - und all die Freuden, Leben und Nichtleben nimmst du wahr, doch nicht mit deinen strahlenden Augen. Du weißt, du fühlst, du bist in allen Wesen und Dingen, in allem zugleich.

Du weinst.

In dir singt eine helle Kinderstimme: »Bricht sich Licht im Tränenwasser – Leben.«

Eine erste leuchtende Träne fließt, rollt deine nur schwach glühende Wange hinab.

Ist es die rechte oder die linke, hier und dort, in der Außen- oder in der Spiegelwelt?

Spielt das denn eine Rolle?, antwortest du dir.

Da vergeht die Träne auch schon in der dein Gesicht nun gänzlich verschluckenden Schwärze.

Du aber hier auf Erden, das ist dein kopfloser Körper, gehst schon lange nicht mehr von irgendwo nach irgendwohin. Noch einen winzigen Augenblick lang stehst du still. Dann löst du dich gänzlich auf.

Staunend singend und lachend schwebst du körperlos in allem. Und deine Seele singt: »ICH BIN!«

Und all die Anderen lächeln dich an: »WIR SIND!«

Und ... (Schweigen)

Die Berge?

Es kreischen die Berge am Morgen.

Dieser eine Satz, nicht mehr, nicht weniger, nur dieser *eine* Satz fiel mir ein.

Doch wie können Berge kreischen?

Beben und bersten, ja, auch Lava, Gase und Staubwolken spucken, natürlich.

Nein, es können nicht die Berge sein, die da kreischen. Denn auch hier im flachen Land ist so viel Lärm in den Köpfen der Menschen. So viele von ihnen sehe ich rennen. Sie laufen vor sich selbst davon. Ihre Einsamkeit ist es, die in ihnen schreit.

Niemals werden sie zur Ruhe kommen, niemals in ihrem kurzen Leben. Oder aber erst, wenn sie krank und matt und taub da liegen, wenn es mit ihnen zu Ende geht.

Doch dann ist alles - für immer?, für dieses Leben, vielleicht aber auch für die folgenden Leben - zu spät.

Es kreischen die Menschen am Abend und in der Nacht, am Morgen und am Tag.

Und niemals hört es auf!

Blick empor

»Guck mal da!«, ruft eine helle Kinderstimme und meint sicherlich die Mutti.

Wir wissen nicht und werden es auch niemals erfahren, ob sie den Ruf ihrer Tochter hört.

Wir folgen dem Finger des Mädchens. Unsere Augen schauen auf.

Der blaue Himmel färbt sich schwarz.

Der schwarze Himmel färbt sich rot, dann gelb, orange, grün und blau und …

Es ist, als wäre da ein Maler zugange, der sich selbst zu übertreffen sucht und doch nur sein altes Bild in neuen Farben malt, wieder und wieder, immer wieder, denken wir noch, da öffnen sich die Himmel über uns.

Noch immer schauen wir staunend empor. Wir zittern, wir schreien, wir schweigen still.

WEISS bricht hervor.

Unsere Augen beginnen zu glühen, brennen, schmelzen dahin.

Unsere Körper verbrennen zu Asche.

Unsere Seelen steigen singend auf.

Uns folgen all die anderen Wesen dieser Erde.

Und schließlich geht auch sie dahin.

So ist es, denke ich, der ich all dies spät in der Nacht vor mir sah.

So ist es, denke ich, der ich es jetzt am nächsten Tag niederschreibe.

So ist es. Denn wir alle sind geboren, denn wir alle leben, denn wir alle werden sterben.

Ich weine.

DEIN WEG

Da liegt ein Weg
ein weiter Weg vor dir

Fast über Nacht
hast du begriffen
was war
was ist
was kommen wird

Dieser Weg
wird vieles ändern

Wo Gestern stirbt
dort wächst das Morgen
in schimmernd heller grüner Pracht

Denn alles ist

An den Ufern des großen alten Stromes mit Namen Ganga lebte er und lernte unaufhörlich. Sein Name war Siddharta. (»Hesse«, flüstert eine Stimme immerfort.) Mit stillem Herzen lernte er zu lauschen, seine Seele weit zu öffnen, lernte geduldig.

Er sah den Strom, der überall zugleich war, er sah sein Leben an. Er sah das All in ewigem Puls: wie eins zu vielem und vieles zu einem wird, Raum und Zeit bildet und wieder verschlingt. Er lauschte dem Klang der Sonnen und sang das Lied des Lebens.

Im Zentrum seiner Stirn stiegen Gedanken empor und sangen ihm zu, dass Raumzeit niemals war, noch wird. Denn alles ist.

Nicht an den Ufern eines Stromes lebt er, doch lernt er unaufhörlich. Mit stillem Herzen lernt er zu lauschen, seine Seele weit zu öffnen, lernt geduldig.

Er sieht den Menschen-Autostrom an allen Orten fließen, er sieht ihn überall zugleich.

Er sieht sein Leben an.

Er sieht das All in ewigem Puls: wie eins zu vielem und vieles zu einem wird, Raum und Zeit bildet und wieder verschlingt.

Er lauscht dem Klang der Sonnen und singt das Lied des Lebens.

Im Zentrum seiner Stirn steigen Gedanken empor und singen ihm zu, dass Raumzeit niemals war noch wird. Denn alles ist.

Seinen Namen kenne ich.

Musst du ihn wissen?

Bist nicht auch *du* ein wenig wie *er*?

Einst zu einer Zeit

Leise, ganz leise kamen Gedanken geflogen.
Woher?
Wer weiß!
Wohin?
Das wissen wir.
Lautlos wie Sonnenstrahlen senkten sie sich hinab zu den grünen Hügeln der Erde.
Leise, ganz leise wurde ein Licht geboren.
Klein und schwach war es zu Beginn, so wie es alle kleinen Kinder sind.
Doch noch immer lebt es fort und fort an einem geheimen Ort.
Wehe dem Dunkel in der Weite! Es wächst das Licht.
Und nicht nur dort. Es leuchtet auch in mir - in dir - in uns.

Ende eines Erdenlebens

Das Lächeln des Buddhas
des Erwachten, des Erleuchteten
Seine strahlenden Augen
hinter fast geschlossenen Augenlidern
Still sitzt er da
während die Welt sich rasend dreht

Als ich es sah, da begriff ich, wusste, dass es *meine* Augen waren, die da strahlten, *mein* Lächeln war es, lächelnd war ich heimgekehrt - in den Schoß *meiner* Mutter Erde.

In mir aber rotierten lautlos und lärmend-tosend zugleich unzählige Welten.

Ich atmete ein und atmete all die Kosmen aus: Sternenmeere, Sonnen, Planeten, Monde, Asteroide, Kometen und Stau..., Staub in eisiger Nacht.

Ich sah Leben sich in lebensfreie Räume tasten.

Ich sah Leben zuckend sterben.

Alles sah ich zugleich.

Dann fand ich die Anderen in mir.

Alle waren wir zurückgekehrt, wieder verschmolzen zu einem.

Und die Erde ist für uns nicht mehr als *ein* ferner Traum unter vielen, die wir besuchen.

ENGEL

Wir schmecken und tasten
Wir riechen, wir hören, wir sehen
Wir fühlen und wissen
Wir weinen und lachen - wir lächeln
Wir schweben, wir schwimmen
wir gehen, laufen und springen
So ziehen wir dahin
durch die Welten ohne Zahl

Ein Engel wird geboren

Wenn du es begreifen könntest, doch als neugeborenes Menschenbaby mit noch wachsendem Gehirn kannst du es nicht, also schreist du wie all die anderen auch, die sind wie du, die niemals sind wie du, denn *du* bist nicht wie *sie*, ja, wenn du es *begreifen* könntest, was wäre dann?

Wenn du es nicht vergessen hättest, dann würdest du das Fehlen deiner Flügel bemerken, dann könnte dein Geist Welten erschaffen und deine Seele lächeln bei all dem Glück und weinen bei all dem Leid aller Wesen und Dinge, die du als kleiner Geist überschauen kannst.

So aber ... lebst du als Mensch unter Menschen.

Viel später erst mag es geschehen, dass du dich daran erinnerst, wer du bist.

Dann schaust du mit in Demut gesenkten Augen, Vorderkörper und Kopf tief zur Erde geneigt, deine Stirn berührt den Staub, als wärest du Muslim und betetest zu Allah. Du bist es ja, bist Muslim, Christ, Jude und Buddhist, bist alles zugleich.

Dann schaust du ehrfurchtsvoll nach oben und unten, außen und innen, blickst zu deinem Schöpfer auf, dessen Teil du bist, wie all die anderen Wesen und Dinge dieser und aller anderen Welten auch.

»GOTT«, singst du, dieses eine Wort in so vielen Sprachen und Tonlagen. SEINE Namen murmelst du, sprichst du, schreist du in allen Tonlagen, vom tiefsten Bass, der Felsen erbeben lässt, bis hin zum hellsten Vogelzwitschern und darüber hinaus, mit einem Klang, der Gläser zerbrechen lässt.

All diese Worte, die nur *ein* Wort sind, singst du IHM zu Ehren, all diese Worte, die du in diesem, deinem Menschenerdenleben niemals erlernt noch je gehört hast.

Es ist, als hättest du tausend Zungen.

Du hast sie. Sie müssen da sein, denn du singst mit ihnen.

Es ist, als wärest du kein Mensch. Dabei bist du es doch und bist es auch wieder nicht.

Jetzt aber fällt dein Körper.

Deine Seele steigt auf und kehrt zurück ins Himmelsreich.

Enten auf dem See

Kopf nach links, Schnabel ins Gefieder, Augen zu. Dann sich treibenlassen auf dem spiegelnden Wasser.

Silber und Schwarz wechseln sich ab, so weit dein Auge reicht, überall ist Lichterglanz. Wellen sind da, Bewegung von Wind und Entenschwimmen.

Still stehst du da, dann lässt du dich auf einer Bank nieder und betrachtest still die Enten am Uferrand.

Die aber trauen dir Menschen nicht, springen ins Nass und schwimmen davon.

Du blickst über den Weiher, der wird zum See, zu endlosen Weiten in dir. Wer treibt dort in der Ferne - und wohin?

Dort drüben, nah, so nah träumt eine Birkeninsel.

Hier aber sitzt du sinnend auf einer Bank unter Platanen, wie einst ein junger Mann andernorts, nicht allzu fern in einem Park, der kein Park ist wie dieser hier, der dem Volk gehört, sondern nur ein kreisrunder Platz mit vielen, vielen Bänken.

Erinnerungen

Auf einen Schlag geschah es. Soeben ist es geschehen. Jetzt nach dem Anschauen von *Strange days* in tiefer Nacht geschieht es: Tränen quellen aus deinen Augen, Tränen rollen deine Wangen hinab, Tränen fallen.

Jetzt verstehst du: Da sind Erinnerungen an Dinge, die sich einst in deinem Leben ereigneten. Das alles sind deine Gedanken, das ist dein Leben. *So* viele Abenteuer und Tränen und Lachen und Schmerz und … Das alles bist *du*.

Mehr als sechseinhalb Milliarden Menschen sind wir heute. Und jeder Einzelne lebt so viele Dinge, ist so viel! Und dann sind da noch all die Menschen, Frühmenschen, Vormenschen von gestern, von den ersten wenigen vor Jahrmillionen bis zur unübersehbaren Vielzahl heute. Und dann werden da noch all die Milliarden Menschen morgen und übermorgen sein.

Und da sind alle Tiere und Pflanzen, Pilze, Bakterien und Viren dieser Erde, die es gab, die es gibt, die es geben wird. Auch sie sind viele und einzig zugleich.

Und die denkenden und fühlenden Maschinenwesen, die sich mit den Menschmaschinen vereinigen werden, und diese mit den Wesen noch ferner Welten zu neuen Menschennachfahren.

Und alle Wesen aller Welten zu allen Zeiten in allen Universen, *sie* alle, *wir* alle, *jeder Einzelne*, die wir sind: wie viel Leben! Wie viel Ekstase und Lachen, Leiden und Sterben!

Du siehst, verstehst ein wenig, *so* wenig und - weinst doch so viele Tränen.

Erwachen

Du richtest dich im Bett auf.

Öffnest du deine Augen? Schreist du?

Du steigst auf, verlässt deinen Körper. Von der Decke schaust du hinab. Aufrecht siehst du dich dort unten mit offenem Mund sitzen. Dein Gesicht ist im Schrei erstarrt!

Bin ich tot?, sprichst du nicht, fragst du dich.

Wasserlose Tränen weinst du in die Stille der Nacht.

Dort oben öffnet sich kein Tunnel aus Licht. Niemand von denen, die einst starben und dich liebten und für immer und ewig lieben, niemand von den Deinen kommt, um dich ins Licht zu führen.

Aber auch unter dir brechen keine Höllentore aus Schwärze, Feuer und Flammen auf.

Stille.

Was ist geschehen? *Wo* bin ich? *Wer* bin *ich*?

Die Erde bebt.

Etwas kommt - mich zu holen? »Etwas kommt!«, schreie ich? Schreie ich nicht.

Die Wände deines Zimmers erzittern und lösen sich auf.

Die Lieder, die du in deinem Leben gesammelt hast, auf all den Datenträgern: Schallplatte, Kassette, CD, sie alle erklingen nun – zugleich. Alles ist Klang. Alles ist eins. Von allen Seiten dringen die Klänge auf dich ein. Dieser Sound zerrt an dir und – reißt dich auseinander.

Irgendwann, irgendwo erwachen die Teile irgendwie.

Einst gehörten sie zu Einem. Einst waren sie eins, ein Wesen waren sie einst.

Nun gehören sie zu neuen Dingen und Wesen auf dieser einen Erde von so vielen.

Und wieder und wieder werden sie sich wandeln und wandeln, immer und immer wieder, bis Planeten und Sonnen erlöschen und ...

So mag es sein.

Ist es so, wie *ein* Mensch zu *einer* Zeit es sich erdenkt?

Es wächst in mir

Einst las ich irgendwo diese kurze Zeile:

Etwas stirbt in mir

Jetzt aber dröhnt es dort unten in den Tiefen
und der Gesang steigt auf
höher und heller und höher

»Es wächst in mir!«

Was aber ist dieses »es«?
fragt sich mein kleiner Menschengeist

Denken?
Wissen?
Schaffen?
Fühlen?
Lieben?

Eins-werden-sein
mit allen Dingen?

Ewig und immer wieder

»Ewig« stehen dort die Säulen und weinen ihrer längst vergangenen Größe nach.

Und kein Mensch sah jemals ihre Steine fallen, donnernd fallen. Niemand sah sie in tausend Stücke bersten. Keiner weiß, wie es einst geschah.

Nicht viel ist geblieben von der Pracht. Nichts als Ruinen, Fragmente - zerbrochene Träume. Die großen Steine liegen zu ihren Füßen, die kleinen wurden eingesammelt und verbaut.

Für alle Ewigkeit gebaut! Welch Größenwahn!

So geht sie dahin.

Und auch deine Tränen, dein Lachen, dein Glück und dein Leben verklingen im Chor.

Schreiend betrittst du diese Welt, geboren aus Wasser, Wärme und dem Pochen eines großen Mutterherzens.

So viele Dinge lernst du zu tun: sprechen, lesen und schreiben, vielleicht auch still zu sein und zu lauschen.

»Ewig« schweigst du dann im Grab?

Geboren bist du hinein in Licht und Schatten.

Wiedergeboren wirst du auf dieser und anderen Welten. So war es schon immer, immer wieder anders und doch gleich - seit »Ewigkeiten«

Fall

»Blätter fallen von den Bäumen. »Fall« - amerikanisch »fall« - »Herbst«. Sie lösen sich, segeln nicht weit, wenn es windstill ist. Dann wiederum werden sie getrieben, gejagt, gepeitscht von stürmischen Böen. Doch wie es auch immer sein mag, sie folgen ihrem Weg hinab, dem Ende zu und dem Zerfall, aus dem wieder neues Leben entsteht und wächst empor.«

»Ach, du sprichst vom Altern und vom Tod«, meinst du.

»Ja, wir werden alle älter. So viele verdrängen es, begreifen es einfach nicht, wehren sich gegen das Unvermeidbare, glauben noch immer und wieder neu an die ewige Jugend und - werden enttäuscht.

Ja, ich spreche von Altern und Tod.

Ja, denn ich falle und schwebe, angezogen vom Schoß der Erde, getrieben von lauen Lüften, von wilden Böen gejagt. Ich falle.«

»Und die Landung ist doch dein Ende!«, glaubst *du*, Stimme in meinem Kopf, zu wissen.

»Nein«, antworte ich dir, also mir. »Ich sprach nur von den Blättern der Bäume der *einen* Art, denn die Nadeln der anderen bleiben an ihren Zweigen.

Auch bin ich kein Blatt, sondern ein lebendiges Wesen und nicht der abgestorbene Teil eines Baumes.

Ich bin ein Mensch. Ich wurde geboren und lebe. Ich werde sterben.

Doch es gibt kein Ziel, sondern nur den Weg für jeden Menschen, jedes Tier, jede Pflanze, jede Bakterie, jeden Virus, jeden Stein, jeden Planeten, jede Sonne, jede Galaxie und jedes Universum, den *einen* Weg für *jedes* Ding und Wesen, also meinen Weg für mich und deinen Weg für dich.

Ich weine im Herbst und ruhe im Winter, ich lache mit der Frühlingsblüte und tanze im Sommer.

So geschieht es, und so ist es gut.«

Feder

Still treibst du auf dem Rücken liegend an der Oberfläche dahin.

Dann schaust du hinab und siehst dich unter dir. Und weiter steigst du in die Himmel auf.

Der See, die See, das Meer scheint ohne Ende, so still und spiegelglatt.

Längst müsstest du dich aus den Augen verloren haben. Du hast es nicht. Dort siehst du dich noch immer: so fern, so nah und in dir.

Du fällst hinab. Dein Körper hat dich wieder.

Still treibst du auf dem Rücken liegend an der Oberfläche dahin.

Wind kommt auf, die See wird rau. Du fällst ins Wellental, steigst auf zum Wellenberg. Und doch bewegt sich das Wasser unter dir nicht.

Stürme wehen, ziehen und zerren, schieben dich hin und her, du zarte Feder Mensch.

Wohin wirst du wohl getragen?

Aus einem Traum erwacht, ist da ein Flüstern von irgendwoher: »Mensch, gib Acht! An der Schwelle warten Atemnot und Ersticken.«

Du schaust dich um.

Still treibst du auf dem Rücken an der Oberfläche dahin.

Dann irgendwann steigen so plötzlich und unerwartet Ängste in dir auf. Sie schreien es heraus: »Der Hai ist unter mir. Nesselbatterien aus Quallententakeln entleeren sich in meine Beine! Oh, mein Gott, diese Schmerzen. Ich werde sterben!«

Kein Laut nirgendwo. Kein Hai in Sicht. Nirgendwo Quallen.

Wahnsinn wartet hinter einer *noch* verschlossenen Tür. Aus höchsten Höhen, tiefsten Tiefen, von allen Seiten flüstert es Worte: »Schau dich nicht um! Schau tief in dich hinein! Dort siehst du sie entstehen und wachsen und niemals vergehen, deine Ängste, niemals, nie dort draußen, sondern immer nur in dir!«

Die Wellen singen ihr Lied, das Wasser flüstert dir zu: »Tauch ein! Komm! Hab keine Angst, tauch nur ein wenig ein, nicht mehr!

Dein Körper gehorcht den Worten. Dein Verstand weilt irgendwo. Blubbernd verlässt Luft deine Lunge. Aufrecht stehst du im Wasser und schaust dich um.

Oben schwindet das Licht immer mehr. Unten ist Dunkel, das sich in Schwärze wandelt. Ringsum aber herrscht Stille.

Weiter, immer weiter sinkst du hinab.

Funkelnde Lichtersignale blinken vor dir auf.

Längst hast du dein Atmen eingestellt.

Dort unten wartet, träumt und ist *dein* eigenes, ewiges Lächeln.

Fensterblick

Da sitze ich also in meiner kleinen Wohnung am Fenster, hinter dem Fenster, unterhalb vom Fenster.

Und was tue ich da? Sehe ich etwa hinaus?

Nö! Ich sitze mit dem Rücken zum Licht, lasse den Kopf ins Genick nach hinten fallen.

Ja, jetzt liegt er auf der Sessellehne. Ich schaue nach oben hinten, sehe das Fenster komplett mit Rahmen – draußen die äußere Scheibe des Doppelglases regentropfendreckbesetzt. Aber da sind auch die Spitzen der Kakteen hier unten im Innern. In der Ferne stehen weiße und graue Wolken still, bedecken fast den ganzen Himmel bis auf einen winzigen Bereich von hellem Blau. Am Rand strahlt hell und grell der Sonn hindurch. Kleine weiße Wölkchen ziehen und bewegen sich.

Das ist Leben, *Erde*, denke ich träumend. Hier lebe ich jetzt. Wie seltsam, wie wunderbar!

Dann irgendwann, nun ja, nur wenige Augenblicke, Minuten gar mögen es sein, neige ich mein Haupt (welch Poesie!) wieder nach vorne und unten, denn da hinten steigt einem doch das Blut gewaltig in den Kopf.

So bin ich jetzt wieder im Alltagstrott der tausend kleinen Dinge angelangt.

Die Flügel der Engel

Wenn die Engel Flügel hatten, wo waren sie?, fragte er sich einst vor vielen Jahren. Auf dem Rücken, wie auf den alten Gemälden und bei den Insekten der Erde? Hatten sie also Beine und Arme wie Menschen und Flügel noch dazu? Oder aber waren ihre Flügel umgewandelte Vorderbeine wie bei Flugsauriern, Vögeln und Fledermäusen?

Das fragte er sich am Morgen eines trüben Wintertages, während ein Synthesound aus den Boxen erklang. Er allein hatte diese Melodie, dieses wortlose Lied erschaffen und *Alien Intruders* genannt.

Das alles dachte er in diesem einen Augenblick und erinnerte sich - nicht. Denn *jetzt* war er ein Mensch. Und jetzt ist heute, nicht gestern noch morgen, jetzt ist jetzt.

Einst ist längst vergangen, das war, als die Anderen ihn aus den Himmeln in tiefste Höllen stürzten. Oder war er doch aus freien Stücken gegangen? Wurde er gar gesandt?

Als Mensch wurde er auf Erden wiedergeboren und wuchs heran. Er ist ein Mensch, und doch, manchmal ... Olaf Olsen nennt er sich. Seinen ersten Namen aber, den er dort oben trug, kennt er nicht. Mag auch sein, dass es dort keine Namen gibt, so wie wir Menschen sie kennen und nennen.

Wenige erst wissen von seinen irren Texten. Und so muss es auch sein und bleiben, denn er träumt vom Ruhm, von Preisen und Bestsellerlisten. Das aber wäre für ihn der Himmel auf Erden. Also wäre es keine Strafe für seine Taten Dort Oben, wo er sein wollte wie GOTT, wäre es keinerlei Buße. Oder etwa doch?

Ein Flüstern

»Wer bist du?«, flüstert eine Stimme in dir. »Wer bist du? Wer bist du?«, wiederholt sie immer und immer wieder.

Stotternd antwortest du: »Ich ... ich ... ich.« Weiter kommst du nicht.

»Wer bin ich denn?«, fragt irgendwer verwundert irgendwo.

Dann sind da nur noch Brausen wie brandendes Meer an Küstenufern, Sturmwüten in den höchsten Bergen und Donnergrollen unter der Erde - oben wie unten, überall und ringsherum.

»Ich ... ich ... ich«, stottert noch immer deine zuckende Seele.

Dein Mund schweigt.
Dein Herz schlägt schon lange nicht mehr.
Du stehst auf, verlässt deinen Körper.
Jetzt beginnst du deine große Reise.

Fragen an dich

Hast du jemals in einer klaren Sommernacht in die Schwärze des Nachthimmels geschaut und die Sterne über deiner Stadt funkeln gesehen?

Hast du jemals das feuchte Gras, das Laub unter den Bäumen mit deinem Rücken, mit Haar und Haut unter deinem Haupt gespürt?

Hast du jemals die leuchtende Flamme einer Kerze aus nächster Nähe betrachtet - das gelbe und blaue Licht, den stillen, dunklen See aus Wachs - und vielleicht auch noch dabei den Klängen eines Raga in der Nacht gelauscht?

Du hast all dies noch niemals getan?

Dann hast du viel vom Leben versäumt.

Tu es doch einfach! Es ist ja so leicht.

Ja, tu es jetzt!

Fussgängerzone

Einst tauchtest du nur kurz ein. Dann liefst du davon, mit Fahrrad und Bus fuhrst du wieder aus der Innenstadt. Alb der drängenden Massen. »Raus! Nichts wie raus!«, schrie deine Angst in dir. Das war zu Studiumbeginn in einer fremden Stadt.

Jetzt bist du zurückgekehrt, einen Augenblick lang inmitten der Menschen, die dahin eilen, einfach keine Zeit haben, sich nicht die Zeit nehmen, um all die Dinge wahrzunehmen, die rings um sie geschehen. In ihren Ohren klingt ihr Lieblingssound. Das Kabel geht zum Smartphone in ihrer rechten Hand, wenn sie denn Rechtshänder sind. Gebeugt starren sie aufs Display, schieben mit einem Finger die Nachrichten und Infos und Seiten auf und ab. Oder aber sie reden laut mit einem Bekannten, Verwandten am anderen Handy in der Ferne. Es ist ihnen egal, dass die anderen ringsum von ihren privaten Dingen erfahren. Die meisten von denen hören ohnehin nicht hin, denn auch sie sind ja so beschäftigt und haben es so eilig, hierhin und dorthin zu kommen.

Jetzt liegen all deine Ängste von einst hinter dir. Du bist Lauschen und Fühlen, kein Sehnen mehr - Stille. Wie glücklich du nun bist zu leben. Über all die vielen Dinge ringsum kannst du staunen. Es ist, als wärest du ein kleines Kind. Du bist es ja!

Stumm, allein mit Blickkontakt und rein gedanklich winkst du den anderen Kindern dein »Hallo!« zu.

Viele hören es und schauen dich mit ihren großen Augen an.

Du lachst und weinst, und niemand kann es sehen, dann aber lächelst du.

Ganeshas Tränen

Ein Bild in tiefer Nacht

Ganesha weint.

Wolken ziehen dahin. Und die Himmel öffnen sich. Blitz und Donner.

Ganesha weint.

Andernorts brüllen die Berge auf, Felsen fallen, rollen donnernd zu Tal.

Ganesha, das ist Ganapati, Sohn von Shiva und Parvati. Er ist der Gott der Weisheit, der den Weg freimacht und dir Erfolg gewährt. Er ist ein kleiner dicker Gott mit vier Händen und einem Elefantenkopf. Denn sein erstes Haupt verbrannte durch Shanis Blick zu Asche und seine Mutter gab ihm einen neuen Kopf, den ersten, den sie fand – vom Elefant.

Geburt - Leben - Tod

Du öffnest die Augen. Du öffnest die Augen und wunderst dich und fragst dich wortlos selbst: »*Wo* bin ich?«

Kälte nach all der Wärme!

Du schreist deinen ersten Schrei: »Geboren!«

Jahre später

Langsam vergeht die Zeit, *deine* Zeit, denn du lebst in der Gegenwart, denn du konzentrierst dich auf die Dinge, die du tust. Und doch kannst du es nicht erwarten, älter zu werden.

So vergehen die Jahre schneller, immer schneller und schneller.

Schon bist du alt und doch hier und da noch immer so aktiv.

Jetzt

Da sitzen Menschen neben dir.

Wer sie sind, das weißt du nicht und wirst es auch niemals erfahren? Es spielt auch keine Rolle.

Siehst du sie noch?

Du schließt deine Augen - Innenschau.

Du siehst sie nicht, du siehst *nie* mehr, noch hörst du diese Worte aus alten Zeiten in dir verklingen, die irgendwer irgendwann zu irgendwem in seiner eigenen Sprache vielleicht, doch nicht in der der Besatzer, gesagt haben mag oder auch nicht: »Quo vadis, domine?« »Wohin gehst du, Herr?«

Du verstehst nichts, verstehst nichts mehr. Noch einmal weint dein Körper Tränen. Du öffnest deine Augen ein letztes Mal, bist schon nicht mehr da. Sie schauen in Leere und Nichts, in Weite und Ewigkeit.

Gehen

Das eine ist, *zurück* in die Körper und Seelen deiner Ahnen zu gehen, wie *sie* zu fühlen und zu leben.

Das andere ist, *hinaus* in die Körper und Seelen anderer Wesen zu reisen.

Warst du ein Mann, so bist du nun eine Frau.

Warst du eine Frau, so bist du nun ein Mann.

Du warst ein Mensch, immer wieder neu ein Mensch an einem und einem anderen Ort, zu dieser und jener Zeit, mit Haaren überall am Körper und glattrasiert, mit brauen, blauen und grünen Augen, braun deine Haut, dann hell und bleich, dann dunkel, fast schwarz.

Das alles war. Denn jetzt bist du eine Katze im Gras, ein Delfin in den Wellen eines Meeres, ein Mauersegler in den Lüften, eine Vogelspinne aus Trinidad wie die, die du einst einmal als Mensch bei dir zuhause wohnen ließt. Und weiter und immer weiter jenseits des Erdenkreises geht deine Körperseelenreise.

Das dritte aber ist, alles abzuwerfen und für immer in die große Leere einzugehen.

Denn auf die Frage »Wann bin ich?« gibt es nur die eine Antwort, die da lautet: jetzt! Nicht vorher, nicht nachher. Nur dieser Augenblick ist wirklich, unwandelbar und ewig. Alles ist ein Spiel des *Jetzt*.

»Und was ist mit meinen Erinnerungen und Vorahnungen, was ist mit all meinen Zukunftsplänen?«, fragst du, »die gehören doch auch zu mir.«

Ja, sie alle verändern sich ständig, niemals ist da zweimal dieselbe Erinnerung an *eine* Tat, *ein* Erlebnis. Und ständig ändert sich die Zukunft.

Panta rhei - Alles fließt.
Und so ist es auch mit deinen Hoffnungen.
Nur diese eine Wahrheit bleibt, die da lautet: Jetzt ist jetzt ist jetzt. Jetzt lebst du dein Leben auf unserer Mutter Erde.

GOTT

GOTT ist alles, also auch Mensch und Tier und Pflanze und Ding.

Also umfasst GOTT auch die Schwärze, die sich ausgestoßen glaubt und sich so selbst isoliert.

Also ist GOTT all das, was Kleine Götter, Menschen und all die anderen Wesen *gut* nennen.

Also ist GOTT zugleich all das, was sie *böse* nennen.

So ist es seit Anbeginn und bis zum Ende aller Zeiten und Kosmen - für immer und ewig.

Grün im Blau

Dieses überwältigende räumliche Bild vom Blättermeer beim Blick empor!

Hellgrün leuchten die Platanenblätter, noch heller aber strahlt das Blau des Himmels.

Ziehende Wolken, leuchtend weiß die Ränder, grau im Innern.

Kein Regen fällt.

Von Zeit zu Zeit ist da ein Rauschen im Wind.

Und *du* sitzt ganz allein auf *einer* Bank von vielen im Kreisesrund dieses einen Platzes.

Einst hast du diesen Ort *Park* genannt.

Ein junger Mann saß dort an deinem Ort und träumte ein letztes Mal magische Nachtgeschichten, hörte in sich den Ruf der Vollen Mondin und folgte ihm.

Doch das war, geschah, ist längst vergangen, doch niemals vergessen.

Jetzt ist jetzt, der Augenblick.

Jetzt schließt du deine Augen.

Du atmest tief den Pflanzenduft ein.

Du öffnest deine Augen wieder, schaust staunend dieses überwältigende räumliche Bild von einem Blättermeer dort oben über dir.

Happy End

So schließe ich nun, verlasse das Satzprogramm, speichere die ergänzten Dateien auf der Festplatte und noch einmal zur Sicherheit auf einer Zipdiskette ab. Dann schalte ich den Computer aus.

»So ist es«, schrieb ich gerade, nicht alle Realität hat ein Happy End, ist Märchen.

Da klopft es an der Tür.

»Herein!«

»Hallo, Rainar!«, sagt sie, die dort steht - sagst du, Frau meiner Träume, die *ich* mir schuf.

Ich bin sprachlos, stehe stumm und staunend nur einfach so da.

Du nimmst meine Hand.

Wir gehen hinaus, die Treppe hinab in die Stadt, in die *wirkliche* (?) Welt.

Heimgekehrt

So plötzlich geschah es. Vielleicht wurde es durch ein Buch ausgelöst. Es war Bradburys *Zen in der Kunst des Schreibens*, das von Arbeit, Entspannen und Nicht-Denken handelt. Vor zwei Jahren kurz nach seiner Verlagsgründung erworben, hatte er es doch erst jetzt in der Nacht im Bett und am folgenden Morgen im Zug gelesen.

Oder lag es an dem Film *Shogun*, den er noch am Abend gesehen hatte? Was zählt, ist das Jetzt.

Oder war der andere Film mit Namen *Dune* an allem schuld, den er als Video heute Morgen fertig angeschaut hatte?

Vermutlich wirkten all diese Dinge zusammen, nur bei *ihm* mit seinem einzigartigen Erbgut, seinen einzigartigen Lebenserfahrungen, damals zu jener Zeit und niemals mehr woanders.

Deshalb also geschah es: Er kehrte zurück.

Er? Oder sie?

Ihr oder wir?

Du oder ...

Heute ist es wieder geschehen. Und noch immer hält es an: Ich leuchte, ich lächle. Wärme brennt im Zentrum meiner Stirn.

So schreite ich still dahin.

Krankheiten fallen von mir ab und die Last der allzu vielen kleinen Alltagssorgen.

Neugeboren kehre ich zu den Wurzeln zurück.

Meine Seele ist erwacht, erinnert sich und summt die »ewigen« kosmischen Lieder.

Der Held und sein Gott

Einst traf ich *meinen* Helden, den ich mir schuf, einen starken Mann, einen Krieger wie *Conan*.

Er erblickte mich in diesem Gasthaus voller Lärm und Menschen und fragte mich, der ich ihn so seltsam still betrachtete, mit tiefer kräftiger Stimme verwundert: »Wer bist du?«

»Ich bin du und mehr und weniger zugleich! Ich bin dein Herr und Gott!«, antwortete ich, ein nicht mehr so junger hochaufgeschossener schlanker Mann mit verkrümmter Wirbelsäule, vorstehendem Brustbein mit senkrechten Narben von Herzklappenoperationen, ein Mensch mit schwachem Bindegewebe, wahrlich kein Muskelprotz wie er. Ich wunderte mich selbst über diese, meine(?) Worte.

Er aber lachte nur: »Du bist ja ein Krüppel! Nein! *Mein* Gott ist stark! Denn *Er* schuf *mich* nach *Seinem* Ebenbild! *Mein* Gott ist ein Held unter Göttern, dort oben, dort unten, jenseits von Wind, Feuer und Wasser und Erde. *Ich* aber bin hier unten *Sein* Schwert aus Stahl!«

Dann zahlte er, drehte sich um und ging lachend hinaus.

Ich blieb allein zurück, allein, so wie ich es die meiste Zeit meines Lebens war.

Niemand sah mich mehr an.

So ging auch ich schließlich nachhause.

Dort, verborgen vor den Blicken der anderen, weinte ich um meinen Sohn, weil er so war, wie ich sein wollte, also weinte ich nicht um ihn, sondern um mich.

Doch auch *er* dort draußen in der Wildnis des Waldes weinte und wusste nicht, warum, und erinnerte sich nicht mehr an unsere Begegnung.

Ich aber sah ihn dort auf einer Lichtung stehen und hörte ihn dieselben Worte rufen, die ein anderer vor fast 2000 Jahren schon einmal in einer anderen Sprache rief. »Vater!«, schrie er in die Nacht. »Vater, *warum* hast du mich verlassen? *Wo* bist *du*?«

Jetzt begriff ich, dass auch die größten Helden einsam sind.

Herz und Hirn und Bauch

Sein Herz ist kalt und hart - ein Stein.

»Sprich mit dem Herzen!«, sagst du und meinst die Liebe.

»Hahaha!«, antwortet dir das grölende Lachen des Gelehrten: »Herz und Schmerz, so ein Blödsinn. Lernt von den Kannibalen, lernt aus eurem Gestern. Im Kopf ist Wissen, Weisheit und Gefühl. Schlagt dem Rivalen den Kopf vom Rumpf und esst sein Hirn!«

Warum aber gab es dann in Japan *Seppuku,* im Westen als *Harakiri* bekannt?«, fragst du verwundert, »das Aufschlitzen des Bauches, Schnitt von unten nach oben und dann zur Seite. Und dann erst trennt ein Freund mit seinem Schwert dein Haupt vom Rumpf, warum?«

Hara - der Geist ist im Bauch. Atme das Leben und sterbe zwei Finger breit über dem Nabel!

Manipura Chakra, dritter Plexus, der Feuerbereich, das ist das geistige Zentrum, das Sonnengeflecht.

So spricht der Osten zum Westen und stirbt heute selbst im Arbeitsrausch.

Nur wenige Menschen *leben*, einige im Osten, einige im Westen.

Es sind die, in denen die stille Flamme brennt, in Bauch *und* Stirn *und* Hirn - überall.

Es sind die, deren Atem Ruhe ist. In ihnen ist das leuchtende Wissen um die Ewigkeit.

Komm, werde einer von uns, die wir im nie endenden Werden Seiende sind!

High

Dunkle Wolken sind da - überall ringsum.

Doch ich lache, lache sie aus, denn ich weiß von ihrem kurzen Leben. Mein Lachen ist Tod für dunkle Wolken.

Größer werden die Wolken, hüllen mich in Schwärze ein.

Ich aber höre nicht auf zu lachen. Alles lacht in mir. Wie klar mein Kopf ist: Unendliche Kraft pulsiert und - wartet und - wartet noch immer.

Jetzt beginne ich zu tanzen, springe auf und ab zu einer Musik, die niemand hört außer mir. So lebe ich allein den *Jig*, den einen der beiden Volkstänze Britanniens.

Hell wird das All an *einem* Ort zu *einer* Zeit für *einen* Augenblick: hier und jetzt im Innern. In tausend bunte Glitzer zerspringen die Wolken, als wären sie feste, in flüssigen Stickstoff getaucht und mit Wasser übergossene Körper.

Welch ein Feuerwerk!

Meine Kleidung ist gegangen. Denn Licht bricht aus den sieben großen Chakren meines nackten Körpers.

Licht spiegelt sich in den weinenden Wolkenscherben, über die ich, nun befreit, meinem lächelnden Morgen entgegenschreite.

Himmel und Erde

Das fließende Wasser
ist stärker als der ruhende Berg
Und alle Meister, alle Dämonen, alle Künste
müssen der Erde und dem Himmel weichen
Himmel und Erde sind ewig

Welch eine Erkenntnis!
Er weint. Sitzt dort halb aufrecht in seinem Bett. Vor seinen Augen und tief in ihm läuft der chinesische Film *Meister des Schwertes* ab.
Er schaut, er hört das Jetzt.
Jetzt ist alles, jetzt!
»Ich bin, der ich bin, der ich bin ...«, spricht es in ihm, immer und immer wieder.
Er weint.
Er lauscht einem Lied, während seine Seele endlos diese Worte murmelt: »Ich bin, der ich bin, der ich bin ...«
Welch ein Mantra!
Weinend lächelt er, lächelnd weint er noch immer.
Nichts ist da mehr außer ihm - außer mir, denn:
»Ich bin, der ich bin, der ich bin ...«

Höllenqualen und ...

In den tiefsten Höllengründen – Tartaros – Hel.

Wir schauen auf und – schreien.

Dann rennen wir – fliehen vor dem glühenden Magma und – kommen einfach nicht vom Fleck, während diese immer schneller fließt – was für ein Alb!

Sie holt uns ein.

Wir brennen.

Brennend und schreiend sterben wir.

Wir sehen nichts mehr - unsere Hände ertasten dort oben keine Augen.

Wir schreien nicht mehr aus vollen Lungen, Kehlen und Mündern, denn *die* haben wir nicht mehr.

Wir rennen nicht noch laufen wir.

Wir stehen starr und stumm. Wir lauschen nach innen.

Da ist ein Flüstern, so leise, so sanft und zart, ein Flüstern ist da, das immer lauter wird.

Worte nehmen wir im Flüstern wahr:

»Wer bist du?«, spricht die Stimme in dir.

»Wer bist du?«, spricht die Stimme in mir.

»Wer bist du?«, spricht die Stimme in uns.

Wir schweigen noch immer. Wir erinnern uns nicht.

Leben wir? Lebten wir schon einmal? Starben wir?

Warten wir hier auf unsere Geburt?

Werden wir wiedergeboren?

»Jetzt gehst du!«, brüllt es in mir.

Emporgerissen schreie ich stumm vor Entsetzen auf.

Etwas drückt mich, presst mich zusammen.
Sterbe ich?
Diese Schmerzen, wo eben noch Wärme und das Pochen des großen Herzens waren.
Diese Schmerzen! Alles so trocken!

Mit dem Kopf voran, Schlag auf den Rücken, der erste Atemzug, die Nabelschnur durchtrennt, bist du als Erdenmensch geboren.

Ich bin ...

Ich bin das tanzende Chaos: Blitze zuckend, donnernd, alles zerstörend.

Ich bin das Beben der Erde, das Toben des Sturmes und das Brausen in den Blättern der Bäume.

Ich bin der Schrei von Geburt und Tod.

Ich bin das Sprießen und Wachsen der Pflanzen, Tiere, Menschen und all der anderen Erdenwesen.

Ich bin strahlender Sonn und Schwärze, bin Raumeskälte.

Ich bin das ewige Lächeln der Erleuchtung.

Ich bin, das sein wird, war und ist.

Mein Name ist Alles.

Mein Name ist Nichts.

Mein Name ist GOTT.

Ich bin Mensch

Ich bin Mensch.
Ich liebe.
Ich liebe die Menschen: *alle* Menschen, ihre Musik, *alle* Musik der Erde, ihre Kunst, ihre Kulturen. *Alle* Menschen liebe ich.
Ich liebe.
Ich bin Mensch.
Ich werde ich und alles.
Ich bin tausend Mal Ich, alle Zeit in einem Ich.
Ich bin ein Teil des Ganzen. Ich bin All.
Ich bin ein Teil des Ganzen. Ich bin Leben.
Ich bin ein Teil des Ganzen. Ich bin Liebe.
Ich bin, was da ruht und leuchtet, sich verändert und ist.
Das Licht der Welt bin ich.

Im Zentrum ist Stille

Es ist wie ein Tornado - ein gewaltiger Hurrikan gar? - auf jeden Fall ist es ein wirbelnder Sturm.

Wie groß er auch immer von außen erscheinen mag, ist bedeutungslos für dich. Denn du befindest dich im Zentrum.

Doch ungleich mächtiger, all diese Stürme umfassend, ist der Lebenssturm, in dem du stehst, nein, in dem du dich bewegst.

In dir brennt ein Licht gleich einer Kerze in windstiller Nacht.

Du selbst bist jetzt Stille.

Noch aber sind da Gedanken, denn Laute dringen über deine Ohren in dich ein und Bilder steigen in dir auf.

Neben dir, vor dir, hinter dir und um dich herum hörst du die Schreie der Menschen, von Wirbeln gepackte Todesschreie, Verzweiflung und Wahnsinn.

Du siehst sie auf der Stelle springen: »Vorwärts! Älter, älter, älter!« schreien die Lippen der Kinder. »Freiheit, Freiheit, hinaus in die Welt, aus den Armen, dem Haus der Eltern hinaus, endlich erwachsen werden, erwachsen sein.«

Dann siehst du sie sich im Strom des Lebens drehen, mit dem Rücken voran getrieben, blind für die Zukunft schauen sie voller Sehnsucht auf ihre Jugend zurück. Mit allen Künsten und Tricks suchen sie die Zeit zu überlisten. »Für immer so bleiben wie jetzt! Nein, nicht im Alter verharren, jünger werden!«, schreien sie ins Alter fortgerissen, probieren Mittel und Mittelchen aus, lassen sich hier und da und dort operieren.

Von Jugend an lernten sie Hektik und Hast. So

siehst du sie auf der Stelle hüpfen und hin und her und ringsherum im Kreis rennen. Sie entwickeln sich nicht und gehen doch dem Ende entgegen.

Manch einer dreht sich dicht vor der Zeit, wo Anfang und Ende verschmilzt, wo der Kreis sich schließt, noch einmal um, blickt nach vorne und spricht ins Zentrum der Stille hinein: »Etwas ist da falsch gelaufen. Was ist nur aus all meinen Jugendträumen geworden? Hätte ich nur anders gelebt. Doch *jetzt* ist es alles zu spät. Möge es meinen Kindern und Enkeln besser ergehen.« Dann bricht er mit einem Röcheln zusammen.

Verwandte kommen und holen sich alles, was der Greis hinterließ und bis zum Ende hütete, eifersüchtig auf alle, die mehr als er hatten - voller Geiz.

An seinen Resten pickte nun der Schnabel der Krähe und nagte der »Wurm«, läge er unbestattet auf freier Flur. So im Sarg aber sind es Bakterien, die ihn zersetzen, sich eifrig vermehren. *Er* ist tot, *sie* aber leben. So kehrt sein Körper in den Kreislauf des irdischen Lebens zurück.

Mag auch sein, wenn er es denn verfügte, dass die Flammen ihn fraßen und nach dem Rauch nun seine Asche in der Urne im Grab, verstreut unter einem Baum im Wald, über dem Meer oder hinauf ins Weltall geschickt alles ist, was von seinem Körper bleibt.

Neues Leben bricht hervor, geboren aus seinen Körperresten, und wenn es »nur« die »Würmer« sind, die keine Würmer sind, sondern Fliegenmaden, die da sich häutend wachsen, sich weiter nähren und wachsen, sich verpuppen und schließlich als große, schwarze Schmeißfliegen oder kleinere, etwa stubenfliegengroße, grüngoldene Fliegen mit dem wundervollen lateinischen Namen *Lucilia* schlüpfen.

So ist es, denkst du, so ist es!
Sollte aber alles nicht anders sein?
Bleibt es jedem Einzelnen selbst überlassen, seinen eigenen Weg zu finden?
Kann ich, darf ich, muss ich Hilfestellung geben?
Wird er / sie diese akzeptieren oder ist ihm / ihr nicht zu helfen?

In dir brennt ein weißes Licht.
Stille bist du und allein.
Denn an diesen Ort des Seins kommen nur wenige Menschen.

Inter-esse

Komm
reich mir deine Hand!
Denn ich weiß ein Land
wo Menschen lachend tanzen

Nicht auf grünen Wiesen, wie ich einst einmal schrieb, sondern auf leuchtenden Fliesen, auf funkelndem Glas tanzen wir Menschen. Und rot ist die Farbe der gläsernen Stadt.

Komm, meine Freundin, folge mir! Wir wollten doch Menschen finden. Hier bei uns gibt es sie längst nicht mehr.

Hörst du die Lieder dieser Nacht?

Es ist ihr Rufen, das flammendes Sehnen in uns erzeugt.

Schon schwindet jeder Halt.

Mauern kippen vor unseren Augen wie Dominosteine und zerfallen.

Die Erde bricht ringsum auf.

Wir fallen.

Halte mich fest!

Die Reise hat begonnen.

Es ist die Reise vom Ich zum Du: von mir zu dir, von dir zu mir.

Es ist der Weg durch Zwischenraum, ein Wandern zwischen den Welten.

Zwischenort und Zwischenzeit - Zwischenwelt und Zwischensein.

Irgendwo

Irgendwo in der Unendlichkeit steht ein Mensch.

Ich sehe ihn, gehe heran, spreche ihn an. »Hallo!«

Er aber sagt kein Wort und dreht sich nicht um.

Also gehe *ich* um ihn herum und - erkenne *mich* in *ihm*. Also bin ich *er*, bin *ich* es, der da steht und in den Raum, wohin auch immer, schaut.

Sehe ein Licht sich nähern.

Jetzt bleibt es vor mir stehen.

Ich bitte, bete es an: »Komm zu mir! Wärme mich! Erleuchte mich! Halte mich, denn so allein bin ich!«

Doch das Licht entschwindet, ist schon gegangen, lässt Dunkelheit zurück.

Es wird wieder hell. Licht beleuchtet einen Raum, zeigt Windungen, Adern und Nerven, zeigt mich in einem Gehirn ungeheuren Ausmaßes ...

Das ist doch ... Wo bin ich hier? Bin ich ...?

Ich bin in *mir* - sehe mich von innen und staune, tauche weiter ein, gehe auf im All hier innen, dort außen, dort innen, hier außen - ist alles EINS.

IRGENDWOANDERS

Zazen.

In der Leere mit dem Gesicht zur Wand sitzt der Rôshi, das ist der Meister.

Sein Atem ist Lächeln - sein Atem erlöscht.

»Meister, werden wir uns wiedersehen?«, ruft lautlos die Stimme seines Schülers ihm nach.

Irgendwoanders singt irgendwer ein Lied: *See you later*.

Einer lauscht, der dies hier schreibt.

Irgendwoanders verabschieden sich Kinder: »See you later, alligator.« - »After a while, crocodile.«

Irgendwoanders krächzt der Poe'sche Rabe: »Nevermore, nevermore, nevermore!«

Ich aber sehe, höre all diese Bilder zugleich.

Und wie viele Dinge geschehen noch?, frage ich mich und - ertrinke.

Jederzeit

Es kann dich überall erwischen, jederzeit!

Dort außen und hier innen.

Du könntest es sein oder er oder sie: dein Bruder, deine Schwester, dein Vater, deine Mutter, dein Kind. Einer von ihnen oder sie alle könnten dich verlassen oder aber dich von einem Augenblick zum anderen töten.

So ist es.

Es gibt keine Sicherheit, außer der einen, dass es keine gibt, nirgendwo und nie!

Ist dir das klar? Hast du das begriffen?

E s   g i b t   k e i n e   S i c h e r h e i t !!!

Dann finde dich damit ab und lebe dein Leben, wie du es leben musst und willst, und plane nicht tausend Dinge für deinen Lebensabend ein, den du *so* vielleicht *niemals* haben wirst!

Jetzt

»Jetzt!«, flüsterte es in ihm.
Und was tat er jetzt oder vielleicht auch später?
Nichts!
Noch immer nichts.

»Jetzt!«, dachte er nun selbst, »Ewigkeiten« später, und schloss die Augen.
Alles verschwamm in der Ferne: der fetzige Sound und - seine kleine Welt ringsum.
Jetzt ist er eingetreten in die große L e e r e*

---

*: Siehst du, hörst du, riechst du, tastest du, fühlst du sie? Da ist kein Punkt mehr hinter dem Wort und auch sonst nichts auf diesem einen weißen Stück Papier. Und deshalb endet dort und hier alles jetzt.

Kein Dach

Du liegst auf deinem Bett.

Es ist warm in dieser Sommernacht.

Tränen weinst du, denn Buddha geht den mittleren Weg - in diesem Videotraum.

Die Mönche sprechen das Sutra des Herzens: *GATE GATE PARAGATE PARASAMGATE BODDHI SVAHA.*

Die Form ist die Leere. Die Leere ist die Form. Die Form ist die Form. Die Leere ist die Leere.

Und wieder kehren die alten Bilder zurück: Die Decke deines Zimmers löst sich auf und auch das Dach darüber.

Du liegst auf dem Rücken in deinem Bett und siehst die Schwärze der Nacht, die funkelnden Sterne über dir. Da ist kein Dach mehr, keine Zimmerdecke und auch kein Fernseher, kein Videorecorder, kein Buddha in keinem Film. Und alle Möbel und alles, *was* du einst besessen, von *dem* du einst besessen warst, *alles* zerfällt zu Leere, also auch dein Bett, auf dem du liegst, die Kissen und die wollene Decke. Nichts von all diesen Dingen existiert jetzt mehr.

Und nun verschwinden ins Nichts Finger, Hände, Arme, Zehen, Füße, Beine, Geschlecht, Bauch und ...

Das Herzsutra. Mein kleines zuckendes Herz, einst gewachsen, dann erkrankt, geöffnet, genäht, mit Kunstteilen versorgt, gehegt und gepflegt, schlägt nicht mehr, schlug nie, wird niemals schlagen, schlägt nicht - ist nicht. Und Hals und Kopf und Hirn, auch die Schwärze der Nacht, die Sterne und diese Erde ...

Wir alle erwachen aus Traum und Schlaf, Gedanken, Angst und Illusion.

Wir alle hören den großen Ton, den der Schlag der einen Hand im All, im Nichts erklingen lässt.

Wir sind die Hand.

Wir sind das Nichts.

Wir sind der Klang.

Wir sind das All.

Alles sind wir.

Erweckt werden wir von diesen Worten, von diesem Gesang begrüßt:

GATE GATE	GEGANGEN GEGANGEN
PARAGATE	DARÜBER HINAUS GEGANGEN
PARASAMGATE	VOLLKOMMEN OFFEN
BODDHI	ERLEUCHTET
SVAHA	GEGRÜSST

Die Kerze

In deinem kleinen Zimmer brennt eine Kerze, eine kleine rote Kerze. Sie leuchtet mit einer stillen, nur vom sanften Hauch deines Atems ein wenig flackernden, hellen gelben Flamme.

Du öffnest die Tür. Du gehst hinaus. Während du sie wieder schließt, schaust du noch einmal zurück:

Das Zimmer ist schwarz und leer.

Du weißt es, da bist dir absolut sicher: *Niemals* habe *ich* die Kerze gelöscht - noch sonst irgendwer.

Blitzstrahl der Erkenntnis: Das ist ein Zeichen! Ich verstehe: Alles, was war, ist jetzt gegangen, endgültig entschwunden, liegt nun unerreichbar verborgen im Dunkel hinter mir.

Du drehst dich lächelnd und leuchtend um.

Du gehst in die Weite und in den kommenden Tag hinaus.

Es ist dein Morgen, das sich wartend still vor dir verneigt.

KERZENLICHT

Blaues Leuchten um Klarheit, weit in der Höhe geboren über dem stillen, flüssigen See. Schwarz ist das Zentrum, rot glüht das Ende der Schwärze, streckt sich gelb empor, mit einem Schatten im Innern.

Still brannte sie vor mir. Es war Nacht.

Nie mehr ist jetzt Schwärze.

Denn ewig brennt ihr Licht.

Entflammt ist mein Geist.

Strahlend leuchtet meine Seele.

Ewig singt lautlos Stille.

Und wenn sie denn stirbt, wird sie immer und immer wieder wiedergeboren.

Kleiner Gott Rainar

Einst träumte ich, ein Gott zu sein. Ja, so war es, bis ich eines Tages merkte, dass ich längst einer war, natürlich nicht GOTT, sondern ...

Die meisten von ihnen dort unten aber, die meisten dieser Menschen wussten es nicht. Sie lebten so weiter, wie sie lebten. Einige wenige unter ihnen aber sahen empor.

Was wussten sie? Erahnten sie mich?

Sie wussten von mir. Sie litten und schrien. »Vater!«, riefen sie und sahen mich an, ohne mich zu erblicken. Denn das konnten sie nicht, könnten sie niemals.

Ich aber sah zu, hörte ihre Schreie und Bitten und Gebete - und ließ sie dennoch leiden.

Manchmal aber ließ ich sie einfach so sterben und nie wieder auferstehen. Ich hätte es gekonnt.

Dann wieder weinte ich um sie.

Oder aber ich vergaß sie für lange Zeit.

Denn *ich* hatte *sie alle* erschaffen.

Denn *ich* schrieb ihre Leben auf Papier.

Und nun frage ich mich, *wer* ist es, der *mich*, uns alle erdenkt, erschafft? *Wer* ist unser Schöpfer?

KUNDALINI

Noch schläft sie. Noch ruht die Schlange aufgerollt dort unten tief in dir. Ihr Name lautet Kundalini.

Sie ist es, die von deinem Ruf erwachen und von Chakra zu Chakra in dir aufsteigen wird, von Zentrum zu Zentrum, Schritt für Schritt oder aber rasend in einem Sprung, leuchtend von der Wurzel bis hin zur siebten Zone über deinem Scheitel, wo du eins bist mit der Welt.

Gestern unverhofft am Abend, du lagst entspannt auf dem Rücken auf deinem Bett, kurz vor dem Einschlafen geschah es. Etwas Yoga gegen die Rückenschmerzen, dachtest du noch, dann ...

Wie?, willst du wissen.

So: Tief atmest du ein. Dann beim Ausatmen schaltet irgendetwas irgendwo hinten in deinem Kopf um. Und der Strom steigt auf, unten in der Basis beginnt es. Es ist die Schlange aus Feuer, die sich in dir dort unten entrollt. Sie steigt auf, springt von Chakra zu Chakra empor und hört nicht auf emporzusteigen.

Nun ist es also so weit: Die Nacht der Nächte hat begonnen.

Noch aber sind Gedanken in dir. Abschied von deinem früheren Leben?

Du siehst dich deine Wohnung verlassen.

Du gehst hinaus in die Weite, verlässt die vom Wald umsäumte schlafende Stadt und gelangst zur Lichtung. Warm ist es - Sommer. So lässt du dich nieder ins träumende Gras.

Schwärmer und Fledermäuse schwirren vorbei. Von fern erklingt der Ruf der Eule.

Erstaunlich, wie viele Wesen hier doch leben, wunderst du dich, der du längst ein Stadtbewohner geworden bist, einen winzigen Augenblick lang. Denn jetzt bist du aus der Menschenwelt in den Schoß der Natur zurückgekehrt.

Du setzt dich wie ein Yogi auf die Erde. Nein, es ist nicht der perfekte Lotossitz, doch was macht das schon! Das ist, wie so vieles andere auch, ohne jede Bedeutung.

Denn *das* ist die Nacht der Nächte - *deine* Nacht. *Jetzt* ist es so weit.

Wie wird es sein, wenn die schlafende Schlange erwacht, wenn sie sich entrollt, wenn sie aufsteht und den Kopf aus ihren Körperschlingen erhebt?, fragst du dich. Dann ...

Der Gedankenstrom erlischt, das Licht steigt auf. Die Chakren beginnen zu leuchten. Dein Körper strahlt.

Du atmest langsam aus und spürst es in deinem Bauch.

Dort erwacht Kundalini, entrollt sich, steigt auf, empor bis in deinen Kopf hinein und weiter, immer weiter erhebt sie sich.

Und noch immer träumend tanzt sie lautlos, sanft, langsam empor ins Sternenmeer.

Und schon hat sie deinen Körper verlassen, der *noch* leuchtend schon sterbend sich Kopf voran zur Erde neigt.

Der Kuss

Ein schöner Tag zu sterben, denke ich.

Ein noch schönerer Tag zu leben, fällt mir dann aber ein.

Vorspann und Ende des Films *Flatliners*.

Und das alles an diesem einen Morgen auf dem Weg von der Bushaltestelle zum Arbeitsplatz.

Denn heute früh bin ich frisch und ausgeschlafen wie schon lange nicht mehr. Es ist mild und trocken an diesem Montag, dem 10. Januar.

Ein Kuss!

Auf den Mund?

Ins Zentrum der Stirn – ins Ajna Chakra hinein?

Gar darüber hinaus in das letzte aller Chakren dort oben am Kopf?

Und wer wird mich wie und wohin auch immer so unverhofft küssen?

Oder hat er / sie / es das gerade eben schon getan?

Ich weiß es nicht.

Und dann auf dem Weg an den Laternen vorbei durch das Dunkel der Nacht frage ich mich: Was ist, wenn all die Lichter auf einen Schlag verlöschen?

Spinnen wären gut dran, die meisten jedenfalls, und Fledermäuse mit ihrem Ultraschall natürlich auch. Ja, alle tastenden, lauschenden und riechenden Tiere der Nacht würden weiterleben wie bisher.

Doch was würde aus uns Menschen werden?

In mir erblühen die Bilder dieses dunklen Traumes: Fesseln lösen sich, Schranken fallen, Tore öffnen sich.

Strahlend drehe ich mich in meinem Licht. Denn ich bin Licht in der Schwärze des Alls.

Ich trage es zu den Wesen, die da werden und leben und vergehen.

Luzifer ist einer meiner zahlreichen Namen, *Prometheus* ein anderer. Einst wurde ich aus den Himmeln geworfen. Jetzt hat mich ein anderer Engel - bist du es, Gabriel? - oder aber - gibt es denn einen Unterschied? - GOTT selbst geküsst. Jetzt kehre ich heim.

Erstmals wieder seit Hunderttausenden von Jahren höre ich die Harmonie aller Welten.

Ich erinnere mich.

Ich fühle. Ich weine. Ich lache. Ich singe. Ich tanze. Bin wieder eins mit dem Ganzen.

WIR sind in alle Ewigkeit.

Lachen, weinen, lächeln

Wir schauen uns um - und lachen.

Denn all die großen Kleinen Götter um uns sind wie Menschen, nicht anders, ein wenig größer zwar, mächtiger und älter, aber doch nicht anders.

Denn auch sie, denn auch wir wurden geboren.

Denn auch wir leben nicht ewig.

Denn auch wir werden sterben.

Wir sehen, wir hören und fühlen - wir leiden mit allen Wesen dort unten, hier oben und allüberall.

Vor einem Augenblick noch lachten wir, jetzt weinen wir, und schon lachen wir wieder.

Dann aber ist nur noch Lächeln.

Lebenslänglich

»Der müsste ja lebenslänglich dafür kriegen«, meint irgendwer in einem Film.

Wer in welchem Film ist gänzlich ohne Belang. Bedeutungsvoll hingegen mag sein, was hier und jetzt geschieht.

Ich höre diesen einen Satz und lache, höre nicht auf zu lachen.

Wieso »lebenslänglich dafür kriegen«?

Das haben wir doch alle hier unten auf Erden, von Geburt an bis zum Tod - lebenslänglich! Denn wie lange unser Leben auch dauern mag, wir sind ein Leben lang in diesem Jammertal gefangen.

Lebenstodesgedanken

Siehst du, die Guten, die Ehrlichen, die Anständigen bleiben nicht nur unten, unbekannt und unerkannt, sie gehen auch immer als Erste von uns!

»Warum? Warum nur?«, weinst du, die du gerade deine große Liebe, Freund oder Freundin, verloren hast - oder aber deine Tochter, deinen Sohn, deine Frau, deinen Mann, deine Mutter, deinen Vater.

Trösten könnte ich dich, wenn ich von deinem Leid wüsste, wenn du bei mir wärest, trösten könnte ich dich mit diesen Worten:

»Was ist, wenn unsere Welt hier nichts anderes als eine von vielen Höllen ist?

Was ist, wenn im Jenseits ein besseres Leben auf dich wartet?

Was ist, wenn du in ein schöneres Leben wiedergeboren wirst?

Was könnte dann den Guten Besseres passieren, als früh von hier fortzugehen?«

»Ja, ja, vielleicht«, nickst du und weinst noch immer.

Denn nur die, die zurückbleiben, trauern um die Toten.

So weine auch ich schon heute Tränen - um mich.

Leere

Etwas lacht irgendwo.

Langsam tauchst du, dich noch immer taumelnd im Kreise drehend, aus deinen Träumen auf.

Du hörst und schaust dich um.

Du sitzt in einem Chinarestaurant.

Neben dir am Nachbartisch unterhält sich ein junger Mann mit zwei jungen Frauen.

Kindergeschrei, schön nervend, von fern.

Rasende Kellner.

Einer muss wohl auch bei dir sein, denn dein Mund murmelt gedankenverloren, wie auswendig gelernt: »Mittagsmenü Nr. 16 und einen Jasmintee.«

Isst du brav alles auf? Schlürfst du auch deinen Tee?

Ja, du tust es, wenn auch gedankenverloren.

Auch einen Glückskeks gibts wie immer hier am Ende: *Kümmere dich um andere, du wirst dafür belohnt*, liest du.

Aha! Sehr allgemein gehalten, wie meist bei Wahrsagungen, aber auch nicht falsch.

Und dann ist da wieder das Gelächter von fern.

Es kommt aus dem lachenden Buddha dort unten.

Ich öffne die Augen.

SCHWÄRZE

Liegenbleiben! Lauschen!

STILLE

Saß ich nicht eben noch irgendwo?

Ich ... i c h ... i c h ...

LEERE - SHUNYATA

Letzte Gedanken

Die Schranken brechen auf. Tore öffnen sich. Mauern zerfallen.

Du liegst in einem tosenden Meer voll schillernder Farben. Es ist, als wären Tausende von bläulich schillernden Morphofaltern aufgestiegen, als bewegten sich Hunderte von smaragdgrünen scopulabehafteten Vogelspinnenbeinen, als wärst du mitten in einem Schwarm silbriger das Sonnenlicht reflektierender Fischleiber.

So ist es. Du bist in allem zugleich.

Und der Himmel strahlt leuchtend rot über dir.

Du stehst nicht auf, noch immer liegst du still da. Längst hast du deine Augenlider geschlossen. Du lauschst den Klängen der Welt.

In der Ferne verklingt ein Wort, nur ein einziges Wort. Es dauert eine Weile, bis du es verstehst. Dann wird dir alles klar. Es ist nicht irgendein beliebiges Wort, das irgendwer spricht. Es ist *deine* Stimme, die *deinen* Namen ruft.

Letzte Gedanken verklingen.

Noch schreit dein zappelndes Ich, denn es zerfällt, vergeht.

Und die Welt wandelt sich.

Jetzt trittst du ein in die große Leere, die schon immer in dir war und immer sein wird, die in dir ruht, in *dir* und allen Dingen.

L̲e̲u̲c̲h̲t̲e̲n̲d̲e̲ B̲l̲a̲s̲e̲n̲

Leuchtende Blasen steigen auf im Licht.
Noch sind sie im Wasser gefangen.
Weiß leuchtende Blasen verfärben sich.
Und wo bist du?
Du siehst *sie*!
Dich rufen sie.
Du bist *eine* von ihnen dort unten.
Rasend schnell geht deine Reise - empor.

So kurz ist dein Weg, die winzige Spanne zwischen Geburt und Tod - dein Leben.

Licht und Lied

Da ist deine Hand, die die entzündete Flamme hält.

Da ist dein Atemhauch, der die Glut erglühen lässt, bis das Räucherstäbchen brennt und den Duft aussendet, der jetzt dein Zimmer erfüllt.

Und bei all dem erklingt das Lied, dein Lieblingssong dieser einen Zeit, *Heaven and Hell* von Vangelis, in welchem deine Seele singt und zitternd schreit zugleich.

Mehr ist da nicht.

Mehr kann da nicht sein.

Du weinst vor Glück.

Manchmal

Manchmal schauen sie auf, drehen sich im Kreis, lauschen und wittern empor bei Nacht in die Welt jenseits ihrer Welt.

Manchmal flüstere ich ihnen Worte zu, zeige ihnen Bilder, helfe ihnen weiter auf ihrem Lebensweg.

Wer *sie* sind, willst du wissen?

Weißt du überhaupt, wer *ich* bin?

Weißt du, wer *du* bist?

Sie alle sind *meine* Kinder, denn ich habe sie erschaffen.

Abbilder scheinen sie auf den ersten Blick zu sein, Kopien nur von Wesen dieser und anderer Welten. Doch sie sind es nicht.

Für *sie* bin *ich* ein kleiner Gott. Denn ich schreibe die Geschichten, die vielleicht gar nicht *meine* Geschichten, sondern Abenteuer in *ihrem* Leben sind, die sie mir nachts, wenn ich schlafe und träume, zuflüstern.

Mu

»Alles reflektiert dein Geist gleich einem Spiegel«, spricht der Rôshi zu seinem Schüler.

»Was aber ist, wenn ich eins bin mit der großen Leere?«, fragt *der* seinen Meister.

»Dann, wenn du nichts mehr wahrnimmst, spiegelt der Spiegel sich selbst, spiegelt dein Herzgeist sich selbst.

Jenseits von Sinn und Nichtsinn ist MU.

Du erinnerst dich - MU, WU, Nichts?

Das Wato des berühmten Koans *Chao-chou*.«

Der Schüler erinnert sich an die berühmten Worte, die da lauten:

»Hat ein Hund wirklich Buddha-Wesen oder nicht?«, fragte der Mönch den Meister Chao-chou.

Und seine Antwort lautete: »Mu.«

Dies sei dein erstes Koan in der Schulung des Zen.

Nie mehr Krieg!

Wir haben es also doch geschafft! Wer hätte das im 20. und beginnenden 21. Jahrhundert gedacht!

Das, was unmöglich schien, ist nach Jahrtausenden endlich eingetreten: Es gibt keine Kriege mehr zwischen den Menschen.

So ist es und so bleibt es. Friede auf Erden. Jetzt hält der Weltfriede schon ein ganzes Jahr. Wie wunderbar!

Irgendwann werden die Historiker unter unseren fernen Nachfahren erstaunt die Texte, Fotos und Filme aus alten Zeiten - als es noch Menschen gab - betrachten: Metzeleien, Verstümmelungen und »sinnlose« Tode, gefallen für Vaterland, Glaube und Freiheit. Millionen und Abermillionen werden sie noch einmal sterben sehen und verwundert ihre Köpfen schütteln - wenn sie denn noch Körper besitzen. Ist das alles nur Fiktion?, werden sie sich einen Bruchteil einer Sekunde fragen. Und schon werden sie begreifen, dass all diese Gräuel wirklich immer wieder und wieder geschahen, nicht in der jüngsten Vergangenheit, doch vor langer, langer Zeit.

Ein anderes Bild taucht auf, das sich irgendwie und irgendwoher heimlich, still und leise in meinen Geist eingeschlichen haben muss. Ich sehe die *andere* Erde, die wie die unsere ist und ewig an sie gebunden. Ich sehe und verstehe. Ich höre Menschen sprechen.

»So viele Kriege gab es noch nie!«, murmelt eine Frau mit meinem Menschengesicht. »Wie kann das sein?«

Ich, ein unbedeutender Menschenmann dieser unserer Erde, begreife: ohne Schatten kein Licht. Ohne

Krieg kein Friede. Nicht nur, dass dort, wo die Extreme gegangen sind, nur Mittelmäßigkeit bleibt, Friedrich Nietzsche fällt mir ein, nein, auch auf ferne / nahe / parallele Welten hat alles seinen Einfluss. Herrscht bei den Einen Frieden und Überfluss, haben sie ein kleines Paradies verwirklicht, so bedeutet das bei den Anderen Krieg und Hunger - die Hölle auf Erden.

So ist es, denke ich, nicke meinem Spiegelbild zu und - weine.

Dann aber branden Lust und Leid aller Welten und Zeiten zugleich über mich herein.

Jetzt weine ich nicht mehr, noch lache ich.

Jetzt lächle ich buddhagleich.

Denn alles ist eins.

Der Plus-Minus-Mensch

Da ist ein Wesen, das aus der Masse herausragt, weil es anders als die anderen ist.

»Pst«, spricht der Vater zu seinem Kind, das einfach offen ehrlich und neugierig gerade ruft: »Guck mal, was hat der Mann da?«

Der steht nur mit einer Badehose bekleidet am Schwimmbadbeckenrand. Jeder kann seine Hühnerbrust sehen.

»Da oben tickt der nicht ganz richtig«, sagen andere zu ihren Bekannten. »Stellt euch vor, statt zu arbeiten, schreibt der Gedichte! Und was der so von sich gibt! So ein Spinner aber auch!«

Eines Tages werde ich dir deine Frage »Wer bist du?« mit diesen Worten beantworten:

»Ich bin der Stein in deinem Mund
der deine Zähne bricht
Ich bin das Eis der südlichen Meeren
das vor dem Äquator schmilzt
Ich bin der Gesang der Wiesen
und die Stille in den Wäldern
Ich bin Berg und Tal
Ich bin der, der immer war
sein wird und ist«

Dann vielleicht wirst *du* sie spüren.

»Wen? Was, was, was?«, stottern deine Lippen, und sprachlos ist dein Verstand.

Sie, das sind die ungeheuren Tiefen des Raumes, die Zeitenstürme, das *eine* ruhende Licht der Kerze, der Klang der Welt - in dir - in mir - in UNS.

Pusteblume

»Schau mal,« spricht ein kleiner Mensch mit Namen Rainar zu seiner Nichte Meike, »eine Pusteblume!«

Er pflückt sie ab und hält sie vor den Mund. Dann pustet er und dreht sie und pustet noch immer. Und wenn er nicht gestorben ist, dann ...

Nun ja, so lange dauert es nicht, bis sich die gefiederten Flugsamen lösen.

So steigen wir auf im Wind.

»Alles ist ein Traum, den das EINE träumt durch SEINE Teile!«, singt es in uns, doch nicht in Menschenworten, sondern in lautlosem Löwenzahnpflanzensingen.

Wir schweben.

Wärme.

So weit und endlos ist der Raum!

Hätten wir Augen, so könnten wir sehen.

Und doch nehmen wir alles tief in unserem Innern wahr. Lichter brennen hier gleich Sternen im dunkelblauen Schwarz des Alls.

Quo vadis?

»Quo vadis?«, fragt es von irgendwoher. »Wohin gehst du?«

Ich sehe ein Bild, das viele vor mir schon sahen: Zu Tode getroffen kniet er da, die Arme gen Himmel gestreckt, eine Silhouette nur vor dem Rot des untergehendes Sonns.

Sein Mund aber ruft seinem Mörder entgegen: »Bruder, ich habe gelebt. Lebe! Freue dich, denn du hast gelebt, lebst und sollst leben! Denn diese Welt sei die Welt der Liebe!«

Dann schließt er seine Augen, fällt vornüber und geht hinüber.

Wohin?

Rashomon - Wahrheiten

Ein Ereignis, mehrere Zeugen.
Und du willst die *Wahrheit* hören.
Sie werden sie dir erzählen, *jeder* seine *eigene* Wahrheit. Denn jeder nimmt anders wahr. Denn jeder ist anders. Und dann ist auch noch wahr, was dem Menschen nützt.

Also gibt es so viele Wahrheiten wie Menschen, von den Tier- und Pflanzenwahrheiten einmal ganz zu schweigen. Also sind Milliarden Wahrheiten in unserer Welt.

Strahlend leuchtet der Turm, den du gebaut hast, nicht dort draußen, sondern in dir.
Stolz blickst du auf - zu dir selbst.
Deine Wahrheiten fluten über dich herein.
Erhaben hast du sie viele Jahre lang aufgetürmt.
Dein Glaube, *dein* Wissen, *dein* Fühlen, *dein* Sehnen, *dein* Wünschen, all dies sind Steine in deinem Turm. Und er verändert sich stetig, ruht nie, wird aufgebaut, abgetragen, immer wieder und wieder verändert und behält doch seine Form. Dieser Turm in dir wächst, wird eins mit dir, er ist du, umhüllt dich, schützt dich vor der Wirklichkeit der Welt - außen und innen.

Und so wie du wandeln Hunderte, Tausende, Millionen, Milliarden steinumhüllte, felsbepanzerte Wesen auf dieser Erde umher, so viele Wahrheiten, menschliche Wahrheiten, die nur verschwommene Abbilder der Wirklichkeit sind. Und es werden immer mehr.

Raum

Du öffnest deine Augen. Kannst dich an nichts erinnern, was vorher war. Und auch deinen Namen kennst du nicht. Noch immer ist dein Blick auf den Boden gerichtet. Mit krummem Rücken sitzt du da im Schneidersitz.

Irgendwann schaust du auf und drehst deinen Kopf nach rechts, nach links, hin und her und her und hin. Fast stockt dir der Atem. Er tut es ja! Denn überall siehst du nur weiße Wände. Also stehst du auf, drehst dich einmal um dich selbst. Mit deinen 1.90 m stößt du fast an die Decke. Aha, jetzt weißt du, wo du bist. Du setzt dich wieder hin.

Quadratisch, würfelförmig - nur zwei Meter gro... - klein nach allen Seiten hin ist dein Gefängnis. Zwei mal zwei mal zwei, rechnest du, macht acht - acht Kubikmeter Raum!

Und erst jetzt wunderst du dich, warum du noch immer atmen kannst, woher denn der Sauerstoff kommt. Denn nirgendwo kannst du Lüftungsschlitze oder gar ein offenstehendes Fenster entdecken.

Und weiter fragst du dich, woher das Licht stammt, das die Wände beleuchtet, sie weiß erscheinen lässt. Denn dir ist klar: Ohne Licht wäre der Raum schwarz. Wo Schwärze ist, ist Blindheit für Menschenaugen. Dann wüsstest du noch immer nicht, dass du in einer steinernen Zelle gefangen bist, es sei denn, du hättest sie schon tastend erkundet.

Nein, du schreist nicht: »Ich will hier raus!« Du trommelst nicht an die Wand. So schlägst du dir auch keine blutigen Hände. Still sitzt du da und wartest worauf?

Du atmest tief ein, du atmest tief aus. Entspannung ist angesagt. Nur nicht aufregen! Nachdenken! Vielleicht gibt es einen Weg hier raus.

Und dir fallen die Worte eines kleinen unbekannten Dichters ein. Du lächelst, fängst an zu kichern. Denn es sind ja deine eigenen Worte, an die du dich jetzt erinnerst, die du selbst vor vielen Jahren so manches Mal als Widmung in dein erstes eigenes Buch geschrieben hast. Du sprichst sie aus:

»Seltsam sind die Wege
die das Leben schreibt
gewunden wie die Adern in dir
und voller Wunder
Tag für Tag
und Jahr für Jahr«

Schon kehrt Ruhe in dich ein.
Du hörst dein Herz langsam schlagen.
Du lauschst deinem Atem.
Und in der Stille schwinden Weiß und Wände.
Du bist in Schwärze gefallen.
Du schwebst, folgst den unsichtbaren Krümmungen des Raumes.
Neben dir funkeln die Anderen.
Auch *dich* nennen die Menschen nun einen Stern.

Samsara

Lächelnd stirbt er, denn er hat die Wirklichkeit hinter all dem Schein erkannt, hat begriffen, dass die Welt ringsum nur Leere ist.

Jetzt versteht er, weiß er, einer aus der Welt der Gegenstände und Wesen, einer, der im Kreislauf von Geburt und Tod und Wiedergeburt, im Kreislauf der Existenzen, im Samsara gefangen ist, dass auch er selbst nichts als Leere ist.

Und er weiß, dass auch all unsere Gedanken und Götter nichts als Leere sind, aus der wir sie und uns immer wieder neu erschaffen, in endlosen Kreisen von Begierde und Leid.

Satori

Dann erlosch all sein Denken. Sein zappelndes Ich starb mit dem Blitz der Erleuchtung beim Klang der einen Glocke tief in ihm.

Eins ist er mit der Welt, die sich spiegelt auf diesen Seiten aus Papier, die sich spiegelt in dir, die sich spiegelt in uns allen.

Eins ist er mit der Welt, von der du, von der wir alle ein Teil sind.

Eins ist er mit allen Welten und Universen,
E I N S

Der Sehende

A: »Dort über den Bergen sah ich sie tanzen!«

B: »Was redest du da? Dort oben? Welche Berge? Etwa in den Lüften? Und tanzen? Wen?«

A: »Siehst du sie nicht? Sie kommen wieder. Jetzt sind sie hier unten im Tal. Hier bei uns. Sie ...«

B: »Was ist los? Deine Au...!«

C: »Er ist blind.«

D: »So plötzlich?«

E: »O nein, versteht ihr denn nicht? Er sieht! Der Blinde sieht und hört und denkt und fühlt und ...! *Ihr* aber, die ihr von euch behauptet zu sehen, *ihr* ...«

Der Blinde stürzt, Entsetzen im Gesicht. Und auch die anderen, erst B, dann C, dann D und schließlich E, einer nach dem anderen, schön der Reihe nach, als wären sie alle nur Dominosteine in einem großen Spiel, sie alle stürzen in den Staub.

Alle Fünf erwachen wieder, doch nicht gemeinsam, sondern jeder in seiner eigenen Welt und jeder in einem anderen Körper.

Einer von ihnen hatte all dies vorausgesehen. Doch daran kann er sich nicht mehr erinnern. Denn hier und jetzt ist er neu geboren, nicht mehr blind, sondern mit allen Sinnen in dieser neuen Welt versehen, die ein Wesen seiner Art besitzt.

Und es wird Nacht.

Er dreht sich im Kreis, fühlt / riecht / hört / sieht sich um und läuft auf acht Beinen durch den Sand der Wüste unter dem Licht des vollen roten Mondes dem leuchtenden Blau am Horizont entgegen.

Seifenblasen?

Ein Kind - Junge oder Mädchen? - ein Kind macht Seifenblasen.

Sagte ich »Seifenblasen«?

Hier ist nirgendwo Seife!

Die Blasen steigen langsam, nein, nicht in der Luft, sondern im Wasser auf.

Staunend stehst du da und schaust.

»Sounds are merely bubbles on the surface of silence. CAGE, CAGE, CAGE«, murmelt es unaufhörlich, woher auch immer, in dir.

Du schaust vom Grund den Seifenblasen, die keine Seifenblasen sind, nach.

Dann steigst auch du auf, in einer Blase aus Licht, der Oberfläche, der Stille entgegen.

Fahrstuhl aus der Hölle!, denkst du, Lift von der Erde in den Himmel?

Noch immer steigst du auf.

Du singst den *einen* Ton.

Singend schwebst du inmitten des gewaltigen Chors all der anderen empor.

Irgendwann werde ich oben sein, wenn es denn ein oberstes Oben gibt. Irgendwann werde ich ganz oben sein, denkst du. Und fragst dich auch schon: Wer oder was wird dort oben auf mich warten?

Das Kind lacht vor Vergnügen.

Es betrachtet sein Werk und klatscht vor Begeisterung in die Hände.

Also erbebt die Welt. Und all die Seifenblasen platzen.

SHUNYATA

Die Leere rief ihn. Die *L e e r e* .

Ob es damit zusammenhing, dass er eben erst von *ihr* erfahren hatte? Sehr unwahrscheinlich!

Zunächst merkte er nichts. Er saß beim Frühstück, wie jeden Tag: Müsli mit Milch, Tee, ein Apfel, Joghurt, zwei Brötchen, Käse, Butter und Marmelade.

Erstaunlich reichhaltig für einen Junggesellen, sollte man meinen.

Ja.

Doch er saß beim Frühstück in der Kantine der Buchhändlerschule. Daher also, jetzt ist alles klar.

Dort griff die Leere nach ihm.

Und das geschah so: Er dehnte sich aus, verlor sich in der Unendlichkeit des Raumes, verlor sich in ihr.

Zugleich schrumpfte er zusammen, wurde kleiner und kleiner, wurde zu nichts, zerfloss.

Samsara, den Kreislauf von Geburt und Tod und Wiedergeburt habe ich überwunden.

Sollte ich erlöst worden sein, ohne dass ich …? Habe ich mich selbst erlöst, denn nur so … Nirvana … waren seine letzten Gedanken, als er verging.

Und niemand auf Erden hat ihn jemals wiedergesehen. Denn er war gegangen, vergangen, eingegangen ins Alles, ins Nichts, in die Leere der Dinge, in die Leere der Gedanken, in die allumfassende Leere, die die Menschen der Erde Shunyata nennen.

So klar?

Vor einem Augenblick war alles noch sehr einfach.

Jetzt aber, da du langsam wieder denken und träumen lernst, jetzt, wo dein Herz wieder so arbeitet, wie es soll, jetzt, wo wieder mehr Sauerstoff zu deinen kleinen grauen Zellen gelangt, jetzt fügt sich eins zum anderen. Und nichts ist mehr so klar, wie es einst einmal war.

Du sitzt an einem Tisch in einer Pizzeria, nicht weit von deiner Wohnung entfernt, fast um die Ecke. Es ist Sonntagmittag. Ein Glas Lambrusco steht vor dir auf dem Tisch. Du wartest auf die bestellte Pizza.

Ja, so ist es, alles ganz einfach und klar.

Aber wer sagt dir, dass dies, du selbst und alles ringsherum, nicht Bestandteile einer Simulation sind?

Nein, alles ist real! Du bist keine programmierte Einheit, sondern ein echtes Lebewesen, ein Mensch. Darin bist du dir jetzt so sicher wie niemals zuvor.

Das ist die eine Sache.

Das andere aber ist, dass da irgendwer oder irgendwas sein Spielchen mit dir treibt. Und mit allen anderen auch?

Kaum gedacht, kriegst du keine Luft mehr, kriechst du japsend Schritt für Schritt mit vielen Pausen die Treppen hinauf, denn eine deiner Herzklappen, die Mitralklappe, ist undicht geworden.

Und andernorts fasst sich ein anderer schmerzverzehrt an die linke Brust - Herzinfarkt -, er taumelt, er fällt.

Und hier und da gibts einen Schlaganfall, kracht ein Auto auf ein anderes oder die Decke einer Eissport- oder Turnhalle bricht ein …

Und die Mediziner, Techniker, Architekten und Naturwissenschaftler dieser Welt haben ihre Erklärungen - oder auch nicht - für all diese Dinge.

Natürlich, denn auch mit ihnen treibt ja irgendwas oder irgendwer sein Spielchen.

So wollen wir nicht sein!

Es gibt Menschen, die zeigen mit Fingern auf andere Wesen, die aussehen wie sie, denken wie sie, handeln wie sie, *fast* sind wie sie: gleich, nur ein winziges bisschen verschieden.

So wollen wir nicht sein!

Es gibt Menschen, die treten andere Menschen mit Füßen, nennen sie Tiere und meinen Niedere Menschen, Untermenschen, schaffen so Distanz, diskriminieren das nun Ferne und töten es schließlich.

So wollen wir nicht sein!

Es gibt Menschen, die zeigen mit Fingern auf diese Menschen, die andere vernichten und schreien: »Tod den Mördern!« Und sie würden es tun, würden sie töten, wenn sie könnten.

So waren wir schon oft.

So wollen wir nicht mehr sein.

Und *das* zu erreichen, ist wirklich schwer.

Spartakus

Ich sehe einen Film und weine.

Du willst wissen, warum ich weine?

Weine ich, weil sie alle vor meinen Augen sterben, dort unten auf den Schlachtfeldern der Erde und dort oben an den Kreuzen?

Ja, darum weine ich!

Nein, deshalb weine ich nicht, es ist mehr!

Denn ich weine, weil ich mich frage, *wo* war *ich* damals? Und ich meine damit meine fernen Vorfahren, was den Körper betrifft, vielleicht auch mich selbst, wenn es denn Wiedergeburten gibt.

Und ich frage mich weiter: Wo ist der Unterschied?

Wer litt mehr?

Und haben die bei den Schlachten Überlebenden mehr hinterlassen als die, die dabei starben - mehr Kinder, mehr Kultur?

Einige Namen kennen wir noch heute, von diesen und jenen, so auch den Namen *Spartakus*.

Da fällt mir ein, dass alles vergänglich ist, was existiert: diese Episoden und all die anderen, die gesamte Geschichte der Menschheit, die Menschheit, die Erde, unser Universum - alles.

Und doch weiß ich, dass nichts untergeht, dass alles ewig ist, dass alles, was jemals war, was heute ist, was sein wird, ewig ist. Denn, was einmal existiert, kann niemals vergehen.

Und dennoch weine ich wegen all des Leids dort auf der Leinwand, damals und heute.

Also traure ich in Wirklichkeit meiner eigenen Vergänglichkeit nach.

Sphinx

So müde, müde, dachte er, müde, müde ...

Und während er schlief, verwandelte sich die Welt dort draußen. Pflanzen, Tiere, Menschen wurden geboren, lebten, starben und - fanden ihn nicht, denn er war von Sand bedeckt.

Menschen gruben ihn aus und meißelten einen Menschenkopf und Löwenpranken. Wieder bedeckte ihn Sand. Wieder gruben sie ihn aus. Und noch immer schlief er.

Jetzt öffnet er die Augen und sieht die Sterne über dem Himmel der Wüste so hell, so klar, wie er sie seit Jahrtausenden nicht sah.

Und er steht auf.

Stein ist wieder Fleisch geworden. Auferstanden ruft er seine Sehnsucht nach dem Bruder hinaus in die Nacht.

Der aber antwortet nicht. Denn noch immer hüten die Pyramiden den geheimen, tief in ihrem Innern verborgenen Schatz.

Er aber, der Auferstandene, der die Stätten des Westens, wohin Sonn und Tote gehen, Jahrtausende lang bewachte und dann Jahrtausende schlief, erhebt sich nun in die Lüfte und stürmt ins All davon.

»Er ist fort. *Abu Kahawl*, der Vater des Schreckens wurde lebendig. Ich habe es gesehen, jetzt ist er fort!«, ruft einer der vielen Millionen Ägypter, ein Kameltreiber, den Touristen am Tag zu, die kein Wort verstehen und verwundert den leeren Platz bei den Großen Pyramiden von Giseh schauen, wo bis gestern Abend noch der Sphinx gestanden hatte.

Ein Gedenken an den Pharao Chefren soll er gewesen sein - so war es auch.

Doch schon immer gab es da den wahren Sphinx dahinter, der war kein Menschenbild aus Stein, kein bloßes Schutzsymbol, sein Name lautet *Horus*.

Menschen schlafen, träumen. *Osiris* erscheint und flüstert: »Bald werde ich meinem Bruder folgen. Ich bin nicht GOTT, wir alle waren und sind und werden nur kleine Menschengötter sein. Andere Götterbilder gingen uns voraus und folgten uns. Propheten verkündeten die Worte GOTTES. Und so lauten sie: ... (er flüstert den Schläfern exakt die Worte zu, die Moses, Jesus und Mohammed sprachen und fügt synchron die Übersetzung hinzu). Und dies ist die Erleuchtung Buddhas (er lässt sie sie fühlen). Sie alle waren Menschen. Wir sind nur die kleinen Götter. Wir sind nicht GOTT, ALLES, EINS.«

Menschen erwachen und beten überall auf Erden.

Hier in den weiten Wüsten knien sie nieder und werfen sich in den Staub vor ALLAHS Größe.

SPIELER

Alles ist ein Spiel.

Und viele Menschen bilden sich ein, die Spieler zu sein. Denn die Erde ist den Menschen gegeben. So jedenfalls steht es in den durch göttliche Eingebung von Menschen für Menschen verkündeten Worten.

Also sollen alle Pflanzen und Tiere dem Menschen untergeben sein.

Und manch ein Mensch herrscht über viele Menschen und bildet sich ein, ein wahrer Herr und Herrscher zu sein.

Und andere glauben zu wissen, dass sie nur Spielfiguren in einem göttlichen Spiel sind.

Und mir fiel jetzt am Morgen ein, dass wir alle vielleicht noch viel unbedeutender sind: weder Spieler noch Spielfiguren, sondern nur Statisten, Umgebung, Hintergrund für die Spiele, die irgendwer oder irgendwas mit wem auch immer spielen mag.

Sprudeln

Faszinierend.

Da schaust und staunst und lächelst du.

Also ist es wohl doch nicht dein Blut, das da emporsprudelt.

Ungeheuer hoch fliegen die Bläschen aus dem Wasser in die Luft. *So* weit in den anderen Raum!

Und sie sind wunderbar klar, die Kügelchen aus Kohlensäure.

Das Wasser, Mineralwasser hinter klarem Glas im Sonnenlichtkegel, der durchs Fenster hinein auf den Tisch der Kneipe um die Ecke fällt, wo du sitzt und auf deine Gnocci mit Tomatensauce wartest.

Es ist Montag im Monat Januar, ein paar Minuten nach 12 Uhr. Draußen ists eiskalt. Wir befinden uns in Mitteleuropa und schreiben das Jahr 2000 A. D.

Sterben dort und hier

Er sah den Film und weinte, und seine Gedanken waren: Ja, sie alle müssen sterben, diese armen Menschen!

Und auch ich?, fiel ihm ein.

Ja, auch ich!

Also lautet die Frage nicht »ob«, sondern wann und wie und wo?

Logisch, einfach und banal, denkst du, der du diese Zeilen hier gerade liest.

Aber wer stellt sich diese Frage heute noch außer denen, die gerade mit dem Leben davongekommen sind.

Lebst du dein Leben jetzt?

STRASSE HINTER DEN TOREN

Tore öffnen sich ohne Zahl.

Ein magischer Satz gewiss. Der fiel ihm einfach so während des späten Sonntagsfrühstücks beim Anhören eines mit Synthesizer gespielten, selbst komponierten Musikstücks ein.

Tore öffnen sich ohne Zahl.

Er schloss die Augen und erblickte in sich hinter all den Toren, die vor Blicken verbargen, was dort schon seit »Ewigkeiten« lag, eine breite Straße. Oder war es gar eine weite Ebene, weder mit Gräsern bewachsen noch bewaldet, doch auch nicht spiegelglatt? Wer hätte darüber gehen, laufen oder gar springen können?

Dann aber sah er noch mehr. Und das schien ihm wichtiger noch als die Straße zu sein, denn er selbst befand sich mitten unter all den anderen: Tiere so vieler Arten, einzeln und zu zweit, in kleinen Gruppen und Herden. Sie alle kamen von überall her, aus allen Lebensräumen der Erde. Das aber geschah, das aber war. Denn jetzt bewegten sie sich nur noch in eine Richtung auf dieser endlos scheinenden Straße. Sie alle, winzige, aber auch größere Wesen, zogen dort bei Nacht unter dem Licht der Vollen Mondin dahin: Regenwürmer und Schnecken, Schaben und Spinnen, Mäuse und Ratten, Füchse und Wölfe und viele andere mehr - auch Menschen waren unter ihnen. Über der Straße aber in den Lüften schwirrten Mücken, Nachtfalter und Fledermäuse, doch seltsamerweise auch tagaktive Tiere wie Tagfalter, Libellen und Vögel aller Art.

Auffallend war, dass sich kein einziges dieser zahlreichen Wesen auch nur einmal umdrehte und zurückschaute. Sie alle strebten nur dem *einen* Ziel entgegen, das diesmal keine Arche war, die sie vor der Sintflut retten sollte.

Und der, der alles *in* sich sah, was hinter den noch immer verschlossenen Toren vor sich ging, und zugleich einer von den Vielen auf der Straße war, die ihrem Ziel in weiter Ferne entgegenzogen, hieß nicht Abraham, sondern Manfred, der einmal ein großer Magier sein würde – doch in einer anderen Welt zu einer anderen Zeit auf seinem Leuchtenden Pfad zu sich selbst.

Das hier aber war kein schmaler Weg für einen Einzelnen, sondern eine breite Straße für alle Lebewesen der Erde. Und neben ihr auf beiden Seiten flossen Ströme aus Wasser - einer »süß«, einer salzig - dahin. Fische und Frösche, Molche und Salamander, Pinguine und Lummen, Delfine und Wale schwammen dort in dieselbe Richtung, in der sich auch die laufenden und fliegenden Wesen bewegten.

Und manch ein Kind, das dies liest oder von der Straße und all den Tieren hört, das fragt sich und dich nun, wer denn wohl bei diesem Lauf wohin auch immer gewann?

»Wer war der Schnellste?«, will es neugierig von dir wissen.

Natürlich der Gepard, mag einer denken.

»Vögel fliegen doch viel schneller«, ruft ein anderer ihm zu.

Und der Dritte, der Märchen und Parabeln liebt, der das Wettrennen von Igel und Hase kennt, hält natürlich die Schnecke für die Siegerin, denn von *der* erwartet es niemand.

Doch hier in dieser Welt hinter den noch immer verschlossenen Toren, hier in dieser Zeit wird es niemals einen Sieger geben.

Doch wenn all diese schwimmenden, kriechenden, gehenden, laufenden und fliegenden Wesen nicht im Wettbewerb miteinander sind, worin liegt dann der Sinn? Und weitere Fragen stellen sich dem Zuschauer: Wann und wo brachen sie alle auf? Wer gab den Anstoß, den Impuls, den Befehl? Und wo ist überhaupt ihr Ziel, wenn es denn eins gibt? Wie weit ist es noch entfernt? Werden sie es irgendwann erreichen?

Du aber, der du einer von ihnen bist und lächelnd mitten unter Löwen, Elefanten, Gazellen, Giraffen und Pavianen dahinschreitest, dann wieder im Lotossitz in dunklen Lüften inmitten von Fledermausscharen schwebst, unter leuchtendem Himmel in Vogelschwärmen segelst und unter Delfinen und Haien schwimmst, du sagst bei allem »ja« und »nein« zugleich.

Du weißt, dass diese Straße der Weg ist, den alles Leben geht: Längst vergangen ist die Geburt. Noch fern vielleicht oder auch schon ganz nah wartet der Tod. Der weite Weg dazwischen aber ist unser aller Leben, was sonst?!

Und so ist es jenseits und diesseits der Tore, dort und hier, gestern und morgen und heute - *jetzt*!

Sturz von der Klippe

Erinnerst du dich?

»Nein! Sollte ich mich denn erinnern, woran?«, fragst du dich flüsternd, während du unaufhaltsam weiter und immer weiter fällst.

Du schaust nach vorne. Denn dir geht es viel zu langsam voran. »Schneller, schneller!«, schreit es aus dir heraus, brüllst du all den anderen zu, die mit dir und neben dir in die Tiefe stürzen. Denn du willst zu ihnen hin. Hoch hinaus willst du, in höchsten Höhen schweben. Mag sein, dass es jetzt auch schneller geht, mag sein.

Schon aber kommt dir dein Fall rasend vor, du willst ihn bremsen. Du versuchst, diesen Sturz zu verlangsamen, der dich hinwegfegt - in die Tiefe, dem Meer entgegen. Du versuchst es ...

Irgendwann drehst du dich im Fallen um und schaust zurück. Jetzt willst du wissen, *woher* du kommst. Denn da sind noch immer keine Erinnerungen. Nebel, nichts als Nebel liegt über deinem Ursprung.

Andere sind dir weit voraus. Sie nennen sich Eltern, sagen dir, sie wären dein Ursprung gewesen, dein Vater hätte dich gezeugt, deine Mutter dich aus sich herausgepresst, mit dem Kopf voran hinein in diese Welt.

Sie, die *noch* neben dir sind und zugleich weit vor dir sind, die mit *ihren* Augen *deine* Nebel zu lüften versuchen, die *sich* noch immer ein wenig und auch *dich* lieben, sollen *dich* dort oben von der Klippe gestoßen haben?

Nein, *das* kann nicht sein, das kannst du einfach nicht glauben.

Du schließt deine Augen. Jetzt in diesem Augenblick tiefer Stille und Konzentration begreifst du, was geschieht. Du öffnest deine Augen, schaust dich noch einmal um. Zahlreiche Menschen sind da vor und neben dir. Du drehst dich um: Bedeutend mehr sind hinter dir. Denn *weit* bist du schon gefallen.

Du öffnest deine Ohren und - hörst die anderen schreien. »Nein!«, brüllen sie und beten: »Bitte, bitte nicht!«

Doch nichts kann ihren Fall bremsen.

Du weißt, dass sie das Unmögliche wollen. Du fühlst mit ihnen, denn du warst ja wie sie: Erst kann es ihnen nicht schnell genug gehen, dann wollen sie, dass alles so bleibt, wie es ist, wollen gar zurück. In ihren glücklichen Sekunden, Minuten, Stunden, wollen sie »ewig« verweilen, durch Alltag und öde Arbeit jedoch blitzschnell und schmerzlos springen. Da kann der Feierabend nicht früh genug kommen, und die Wochenenden gehen so schnell vorbei.

Du hörst ihre Schmerzensrufe, du siehst sie blind sich winden. Also nehmen sie dich gar nicht wahr, so sehr sind sie von ihren Alltagsdingen eingenommen. Immer schneller fallen sie und merken es nicht.

Du aber, der du nun weißt, dass niemand den Sturz hinab aufhalten kann, beginnst nun lächelnd durch Zeit zu gleiten. *Noch* ist da bisweilen ein wenig Schmerz, doch auch *der* vergeht. Jetzt schaust du dich offen für alles um.

Vor dir, in weiter Ferne strahlt ein grenzenloses, leuchtendes Meer.

Du schließt deine Augen und siehst dunkle Flecken im Licht »Nein!« krächzen zitternde Greise.

Andere Menschen schreien im Fallen dicht über dem Meer: »Ich will nicht mehr!«, denn irgendwer neben ihnen ist gegangen: »Er hats gut! Er hats hinter sich. Er hats geschafft!«, murmeln sie in sich hinein.

Wieder andere rufen einsam nach Liebe. *Einmal* im Leben die *große* Liebe erfahren, das ist ihr Traum, an dessen Erfüllung sie bis zum letzten Augenblick glauben, dann, wenn sie das Meer erreichen.

Einige lieben sich, schweben jenseits aller Zeit und spüren ihren Sturz nicht mehr. Fallen sie überhaupt noch? Verharren sie gar für einen Augenblick oder auch zwei oder drei?

Kein Mensch jedoch nimmt sein Fallen zu Beginn seiner Reise wahr, sondern immer erst nach einiger Zeit. Dann schaut er sehnsuchtsvoll zurück, neidisch auf die Gesundheit und Schönheit der Jugend und erinnert sich nicht mehr an all die Gebote, Verbote, Einschränkungen seiner eigenen Kindheit, die natürlich nur zu seinem Besten waren, nun ja, sein sollte. Immer schneller und schneller dem Ende zufallend hetzt er weiter von Ort zu Ort. Dicht über dem Meer schaut er vielleicht noch einmal weinend zurück, jetzt, wo er alle Kraft in Armen und Beinen verloren hat. Und schon taucht er noch immer schluchzend oder wie ein erschöpfter Fisch an der Angel zappelnd in die leuchtende Flut ein. Und seine letzten Worte werden vielleicht sein: »Wo ist mein Leben geblieben? Was habe ich von all dem verwirklicht, was ich mir einst in Kindheit und Jugend erträumte?«

Diese Worte hörst du ihn, sie alle noch flüstern: »Ist der Weg vom Klippenrand bis zur Oberfläche des Meeres für jeden Menschen verschieden lang?«

Ja, so scheint es dir.

Aber auch bei gleicher Distanz schaffen es einige immer wieder schneller zu fallen als andere. Sie werfen sich vor fahrende Züge, rasen mit ihren Autos gegen Bäume, hängen sich mit Seilen an Ästen und Balken auf, benebeln sich mit Alkohol, atmen Nikotin, füllen ihre Lungen mit Teer und spritzen Stoff, ziehen voller Inbrunst, GOTTvertrauen mit Hurragebrüll in Kriege. Und sie fürchten sich vor Missgunst und Neid und dem Gerede der Leute, vor Jobverlust und Arbeitslosigkeit, vor den alten und neuen Virenepidemien wie AIDS, Hühnergrippe und SARS, ach ja, auch vor Krabbeltieren aller Art, vor allem aber vor Spinnen ... Auch das mag ihr Leben verkürzen.

Wenige andere jedoch sehen sich, genau wie du, dankbar in der Welt um, weil sie erkannt haben, wie kostbar das Leben ist, weil sie einmal schon ganz unten, dicht über der Oberfläche des Meeres waren und gerettet, wieder ein wenig zurück nach oben, dem Klippenrand entgegen geschickt wurden. Sie sind es, die staunend überall und in allen Dingen Wunder sehen: Da ist die winzige Fliege, nur wenige Millimeter lang, so klein und doch mit allen Organen und Sinnen versehen! Sie schauen ihr zu auf ihrem Finger und weinen tief bewegt von diesem Wunder der Natur. Sie sehen die alten Bilder von abgemagerten Häftlingen in KZs und weinen, auch wenn sie niemals das Leid so vieler Menschen begreifen können. Wie glücklich sie nun sind, dass sie damals noch nicht lebten, als ihre Eltern und Großeltern in den Krieg zogen. Und doch wollten sie als Kinder den Heldentaten ihrer Väter lauschen, die gar nicht so heldenhaft waren. Dieser Adolf, diese Nazis, dachten sie immer, und auch jetzt ist da für einen Augenblick noch immer Hass, dann nur noch Mitleid, und schließlich meldet sich der Verstand: Dem zweiten ging der erste große Krieg voraus. Hätte es ohne ihn den Führer gegeben? So viel Leid und so viel Leben auf den Schlachtfeldern dahingerafft, so viel Material und Wissen vergeudet! Wäre das alles nicht geschehen, dann sähe die Welt viel besser aus!

Ja, natürlich.

Doch halt! Da fällt einem von ihnen siedend heiß ein, dass er ohne den Krieg niemals von der Klippe dort oben hinausgepresst und hinabgestoßen worden wäre. Denn ohne den Krieg hätte sein Vater einen Heimaturlaub nicht bei einem Kameraden verbracht und dessen Schwester nie kennengelernt und geheiratet.

Die wenigsten Menschen schweben lächelnd dahin, fern aller Alltagssorgen, fern von Politik und Showgeschäft. Auch sie weilen nicht ewig auf Erden, auch sie wurden einst geboren und fallen unaufhaltsam. Doch sie wollen nicht das Unerreichbare. Sie sind zufrieden mit sich. Sie regen sich nicht mehr über ihre kleinen Missgeschicke auf, sondern lachen nur noch darüber und auch über ihre Dummheiten, die sie nach wie vor noch immer Tag für Tag begehen. Sie haben begonnen, einfach nur zu existieren, zu leben, zu sein.

Und einer von ihnen bist du, der du dies hier alles gedacht und niedergeschrieben hast.

Doch auch du und die wenigen anderen, die so sind wie du, sie alle werden eines Tages die Oberfläche des Meeres dort unten erreichen und eintauchen und dann …

Tai-Chi-chuan

Was tut er da?, fragst du dich, der du gerade um die Ecke gebogen bist und nicht sehen konntest, was dein Auge jetzt erblickt.

»Was tut er da?«, sprichst du jetzt laut aus, richtest die Frage an irgendwen, der hier sein mag außer dir und ihm.

»Er tanzt den Tanz der Erde,« singt eine Stimme von hinten in dein Ohr. »Er tanzt den Sonnentanz. Er tanzt den Augenblick, wenn Sonn die Erde am Morgen küsst. Er tanzt sein Leben. Sein Leben tanzt ihn.«

So war es, so geschah es. Dort vor mir auf einem Hügel bewegte sich ein alter Mann im Zeitlupentempo. Gebannt stand ich still, berauscht von dem Klang und den Worten, die in mich drangen und sich in mir zu spiegeln begannen. Also drehte ich mich nicht um und weiß bis heute nicht, wer da zu mir gesprochen hatte. Ja, es war eine helle Stimme - von einer Frau, nein, doch eher von einem Kind.

Da fällt mir ein anderes Ereignis ein, das diesem hier verblüffend gleicht. Das kann einfach kein Zufall sein! Der alte Mann mit weißem Haar und weißem Bart erinnert mich an eine junge Frau mit schwarzen Haaren, einst vor langer Zeit, nun ja, vor einigen Jahren, als ich die Buchhändlerschule in Frankfurt-Seckbach besuchte. Ja, dort sah ich einmal in einer Unterrichtspause aus dem Fenster, als es geschah.

Du willst wissen, warum ich aufstand und hinaussah?

Die Antwort lautet: Aus innerem Antrieb oder einfach so stand ich nicht auf und ging zum Fenster.

»Dort macht jemand Yoga!«, hatte eine Kollegin einer anderen zugerufen.

Die Angesprochene und auch ich, wir beide sahen hinaus und hinab.

Dort unten auf dem Rasen ließ eine junge Frau ihre Bewegungen fließen.

Tai-Chi fiel mir sogleich ein, Tai-Chi. Ja, das muss es sein!

Jetzt, Jahre später, schaue ich im *Lexikon östlicher Weisheiten* nach, was denn überhaupt der chinesische Begriff *Tai-Chi* bedeutet. Wörtlich übersetzt bezeichnet er den Firstbalken, das oberste Holz eines Hausdachs. Gemeint ist das Höchste, Letzte, die letzte Wirklichkeit, der Urgrund allen Seins, aus dem alles entsteht.

Auch entdecke ich Namen *Tai-Chi-chuan*. Das ist die Faust des Höchsten Letzten, Meditation in Bewegung. Körper und Geist atmen Harmonie. Verspannungen lösen sich. Yin und Yang kommen ins Lot. Alles fließt, alles wird mit allem eins.

Tanzen

Was spricht die alte Frau, von der alle wissen, dass sie bald sterben wird?

Ihre Worte sind: »Mein Geist wird jetzt gehen, und ich werde tanzen, an meinem geheimen Ort werde ich tanzen, tanzen für euch.«

Oh wie schön!

Der Film nähert sich dem Ende, und die alte Frau kehrt zurück. Sie wolle doch noch nicht sterben, meint sie.

Du aber weißt, dass das eine Lüge ist! Dichter lügen! Und wie so oft ist das Happy End eine Lüge. Filme lügen. *Du* allein weißt, wie es wirklich war, wie es geschah. Denn sie kehrte *nie* mehr zu ihrem Volk zurück.

Du hast sie gesehen, an diesem einen Ort hast du sie tanzen gesehen.

Doch du wirst es keinem erzählen, denn auch du bist jetzt dort drüben, wo sie jetzt weilt. Auch du bist gestorben.

Dort, also hier, wiegst du dich nun zusammen mit ihr und vielen Anderen, wiegen wir uns alle in diesem Äonen währenden Reigen.

Tod der Väter und Söhne

Da sah er seinen Vater sterben.

»Ist ja nur ein Film«, meinst du, »nichts weiter als ein Film!«

Doch er sah nicht nur *ihn*, sah nicht nur mit seinen *Augen*, er sah *mehr*. Auch war nichts mehr so klar wie zuvor, denn Schleier filterten das Licht. Und doch drang sein Blick durch das Tränenmeer, verfolgte er weiter den Film, der irgendwo in Indien spielte.

Was er aber wirklich wahrnahm, das waren Bilder tief in *ihm*: Dort sah er noch immer weinend seine Väter und Väter der Väter und Väter der Väter der Väter, schaute er immer weiter zurück, erblickte all seine männlichen Vorfahren vom ersten Menschen an, sah sie alle sah sterben. Jetzt erst wurde ihm bewusst, wahrhaftig bewusst, was er schon längst zu wissen glaubte: Auch sein Vater würde bald sterben, so wie vor vielen Jahren sein Großvater gestorben war.

Dessen Tod hatte er damals nicht miterlebt, sondern hatte erst auf dem Heimweg vom Gymnasium davon erfahren. Wie an jedem Schultag stieg er an der nur einige Hundert Meter von der elterlichen Wohnung entfernten Bushaltestelle aus. Und dort stand gänzlich unerwartet sein Vater, der ihm weinend erzählte, dass Großvater gestorben war. Viel Zeit hatte er in der Kindheit in Berlin bei den Großeltern verbracht, doch jetzt in der Pubertät war er sie nur noch an Wochenenden auf Druck seines Vaters besucht. Er weinte nicht.

Kaum zu mittaggegessen legte er seine nach der Schule im Plattenladen erworbene Single im Musikschrank im Wohnzimmer auf, denn einen eigenen Plattenspieler besaß er noch nicht.

Zornentbrannt fuhr sein Vater auf, der im Stillen trauern wollte. Nur seine Mutter konnte ihn beruhigen.

Wieviele Jahre war das jetzt schon her?

Und auch *ich* werde eines Tages sterben, irgendwann, irgendwo und irgendwie, wurde ihm jetzt einmal wieder, nein, so deutlich wie nie zuvor bewusst.

Und dann ging es im Film natürlich um die große Liebe, für die der Held immer und immer wieder sein Leben aufs Spiel gesetzt hatte.

Er aber hier in seinem kleinen Zimmer war ganz allein. Und er erinnerte sich - oder war es nur ein Wunsch, Irrglaube, Illusion? - erinnerte sich an seine große Liebe, einst gefunden und wieder verloren, irgendwo in Raum und Zeit. Damals, gestern oder auch in der Zukunft, also morgen, doch nicht in diesem Leben auf dieser Erde. Und auch diese Erkenntnis, das Wissen um die verlorene oder noch nie gekannte ewige große Liebe und das Wissen um den Tod, all das ließ seine Tränen fließen.

So saß er da in seinem kleinen Zimmer, so traurig und allein - eben noch, bis vor einen Augenblick.

Jetzt war sein Denken und Fühlen weit und klar.

Alles strömte wieder zurück.

Die ganze Tiefe des Seins atmete er ein, die er im Alltagsstress und all der Hektik im Berufsleben verloren hatte.

Tod eines Penners

»Wie ist dein Name?«, flüstert eine Stimme in dir. Soviel du auch überlegst, du kannst dich nicht erinnern. »Ich weiß es nicht!«, rufst du verzweifelt in die Welt und schlägst mit der Faust an die Wand. »Ich weiß es doch nicht!!!«

»Dann sieh dich an!«

Du schaust dich suchend um. Wenn hier eine Pfütze wäre und genügend Licht ... Aha, dort vorne glänzen Spiegel. Dort muss ich hin!

Du schaffst es, auch wenn dein Gang reichlich schwankend ist. Doch zu viel getrunken!, solltest du denken und tust es doch nicht.

Du suchst dir einen Spiegel aus und schaust in den größten von allen.

Was sieht er?, würde der Leser, der Zuschauer gerne wissen, wärst du nur eine von einem Autor erdachte Gestalt. Doch so ist es ja nicht.

Du schaust in den Spiegel.

Da ist nichts als Schwärze in der Nacht.

Schaue ich mal kurz weg und dann wieder hin!, denkst du und tust es auch schon, drehst dich auf deinen ausgelatschten Turnschuhen eine Vierteldrehung weit nach rechts.

Kein Spiegel mehr in Sicht, kein Spiegelbild. Vor dir taucht eine graue Wand voller Graffiti im fahlen Straßenlampenlicht auf.

Schon drehst du dich nach links zurück, doch nur mit Kopf und Oberkörper. Deine Füße rühren sich nicht von der Stelle.

»Alles wie immer, alles in Ordnung«, murmelst du, siehst hell und klar alle Dinge sich spiegeln. Alles siehst du, alles bis auf - dich.

»Also bin ich ein Geist, gar ein Vampir?«

Und während du dir selbst diese Frage flüsternd stellst, bricht dort hinten im Spiegelglas aus strahlendem Himmelsleuchten etwas Schwarzes hervor und huscht davon.

Eine Ratte?

Und schon ist alles wieder so, wie es war, wie es sein muss in einer Welt, in der die Gesetze der Physik herrschen: Du siehst dein Spiegelbild.

Gedanken rasen: Ja, das bin ich!

Zweifel schleichen sich ein, fragen dich: Bin ich das wirklich?

Das bin ich doch nicht!

Das Spiegelbild verändert sich, zerfließt, entsteht wieder neu aus sich. Dein Abbild wandelt sich: Rot glühende Augen in schwarzem Gesicht betrachten dich.

War er es, der aus dem Himmelslicht geflohen ist?

Und wieder ist da ein Wandel. Denn jetzt schaut dich ein Mensch an. Du aber bist es nicht, kannst es niemals sein, denn es ist eine wunderschöne junge Frau mit blondem Haar und blauen Augen, die sich iauch schon in eine Frau mit schwarzem Haar, braunen Augen und Mongolenfalte verwandelt und schließlich zu einer Frau mit schwarzem Kraushaar und schwarzbrauner Haut mutiert.

»Waswaswas?«, stottert es in deinem Innern, stottern dein Mund? Wer von denen bin ich nun?

Dämon oder Mensch? Mann oder Frau? Drei Frauen oder eine oder drei in einer? Das bin doch nicht ich?

Und wieder verändert sich alles.

Ein Junge schaut dich aus seinen blaugrauen Augen an. Auf seinem Schoß liegt still und friedlich ein Löwe. Kind und Junges, Kind und Kind.

Der Junge sitzt auf einem Esel.

Er liegt in seinem Bettchen mit seinem Teddybär neben sich, den er sein ganzes Leben behalten soll.

Du schließt die Augen.

Konzentration! Entspannung! Lasse meine Gedanken fließen! *So* viele Bilder von mir! Wer bin ich von all diesen Gestalten wirklich? Mann, Frau oder Kind?

Sind doch alles nur Spiegelbilder!

Aber wenn sie das spiegeln, was ist, dann habe auch ich mich immer wieder verwandelt.

Und überhaupt: Bin ich ein wirkliches Wesen in einer realen Welt? Was ist real? Wie viele Realitäten gibt es denn? Hier auf Erden, im All und Multiversum?

Parallele Welten?

Oder bin ich *nur*, nicht mehr als eine Figur, eine Marionette, ein Albtraum, eine Animation?

Warum dieses »nur«? Warum sollten diese Gestalten wie auch die Androiden, die kommen werden, wie auch all die Tiere und Pflanzen, Pilze, Blaualgen, Bakterien weniger wert sein als wir heutigen Menschen - wenn ich denn einer bin?

Du öffnest deine Augen, drehst deinen ganzen Körper wieder zurück, schaust jetzt entspannt geradeaus noch einmal in den Spiegel.

Aus der Schwärze taucht sie vor dir auf.

Sie sieht dich an aus weiten schwarzen Pupillen in leuchtend grünen Augen.

Du kannst nicht widerstehen, greifst zu durchs Spiegelglas und streichelst die Katze, kraulst sie am Nacken.

Sie schnurrt.

Du spürst die Menschenhand in deinem Fell. Du schließt vor Wonne deine Augen und träumst davon, eine Spinne im Netz zu sein, als Fliege durch den weiten Raum zu rasen und dann …

Du bist die Fliege im Spinnennetz.

Du bist die Spinne, die dich Fliege isst.

Du bist die Wegwespe, die dich Spinne fängt und dir die Beine abbeißt.

»Mein GOTT. Wer bin ich denn nun?«, flüstert irgendetwas in all deinen Körpern.

Weiter träumst du deine wirren Träume.

Du weinst und lachst und schreist.

Du hörst eine Stimme aus der Ferne dich rufen.

So wirst du leicht und leichter, schwebst empor und hin zu ihr, schaust nicht zurück, nie mehr.

»Seht nur, er lächelt noch im Tod.«

»Nein, sein Gesicht ist erstarrtes Grauen!«

»Doch, er lächelt.«

»Er schreit noch immer.«

»Leute, beruhigt euch! Ich sehe da nur eine Leiche, starr und weiß mit offenen Augen.«

Ja, tatsächlich liegt da ein toter Mann. Er starb wohl auch hier, einfach so auf der Straße vor dem Kaufhaus mit den vielen Spiegeln und nackten Schaufensterpuppen, hier inmitten der Stadt, wo Tage nach dem Fußball-WM-Trubel jetzt in der Nacht zur Sommerferienzeit alles so ruhig und verlassen ist.

»Schaut mal in seinen Hosentaschen nach, da müssten doch Papiere sein.«

»Da ist ja sein Pass.«

»Und welchen Namen schreiben wir nun auf den Totenschein?«

»Hier steht er: Olsen. Olaf Olsen.«

Tränen und Lächeln

»So ist es!«, spricht irgendwer in mir.

Also denke ich zurück: »Und wir können nichts dagegen tun?«

»Nichts!«

»Wenn der Träumer / die Träumerin / das Träumende eine Träne weint, stirbt eine Welt!?«

»Ja!«

Und wenn ER / SIE / ES lacht, wird eine Welt geboren!?«

»Ja!«

»Dann soll ES / SIE / ER immer wieder lachen. So werden Welten über Welten voller Leben, so werden Sonnensysteme und Galaxien, so werden Universen geboren.«

»So ist es aber nicht, denn GOTTES Lächeln umfasst all SEIN Lachen und Weinen und ... Das aber heißt für diese eine Welt, die die Menschen Erde nennen, und für alle anderen auch?«

»Wo Neues entsteht, geht Altes dahin! Leben ist auch Töten, Leiden, Sterben, ist Tod für dich und mich und alles.«

»So ist es!«

Trance

»Was ist mit dir?«, hörte er noch jemanden rufen.

Doch da war niemand außer ihm. Er war allein in seinem Zimmer.

Ja, wäre da jemand gewesen, hätte er vielleicht diese Frage gestellt, doch so …

Er lauschte seinen Synthesizerklängen, indisch klingenden Tonfolgen, die er einst aufgenommen hatte. Er hörte das Rauschen und hob ab, lauschte dem endlosen Rhythmus der Klänge.

»Ich komme!«, rief eine Stimme in ihm. »Ich komme!«

»Aber wohin?«, fragte sein Verstand und wusste, er müsste / er würde in wenigen Minuten zur Arbeit gehen, heute wie jeden Tag, was sonst?

Etwas zupfte sehr sanft: »Wach auf! Wach auf! Wach auf!«, rief es dreimal mit zarter, engelhafter Stimme. Ob das wohl sein Schutzengel oder Hauskobold war?

Aber das Lied, *sein* Lied ließ ihn in immer tiefere Trance versinken.

Also verhallte der Weckruf ungehört in den kosmischen Weiten seiner Seele.

Unser aller Tod

Jeder Mensch kommt dorthin, woran er glaubt oder nicht glaubt, fiel ihm einmal ein.
Und das heißt?

Der Atheist lebt nicht weiter, er stirbt und ist und bleibt tot, denn für ihn gibt es keine unsterbliche Seele. War ich nicht selbst einst voller Glauben - nein, nein, nicht an GOTT, sondern an die Naturwissenschaften?

Der katholische Christ gelangt nach seinem irdischen Tod ins Fegefeuer, erst beim Jüngsten Gericht entscheidet sich sein Schicksal - Himmel oder Hölle. Gläubiger der Ostkirche und Protestant gelangen direkt in Himmel oder Hölle.

Der gläubige Muslim existiert weiter im Paradies oder aber leidet im Höllenfeuer, wenn er denn mit seinem Buch der Taten von der schwertklingenscharfen Brücke ausgleitet, es sei denn jemand leistete Fürsprache, dann wird er durch ALLAHS Gnade gerettet.

Der Buddhist wird immer wiedergeboren, es sei denn er erlangt die höchste Erleuchtung, ist Buddha und durchbricht das Rad. Der tibetische Buddhist gelangt zunächst in den Bardo - den Zwischenbereich.

Der Hindu ...

Oder aber irgendwer gibt uns ein zweites, weiteres Leben.

Stimme von irgendwo: »Und wer sagt uns, dass dieses hier das erste ist?«

Denn er schuf eine Welt, wohin wir alle gelangen, wo wir wiedergeboren werden. Las ich nicht einst von einer *Flusswelt*, die ein gewisser Philip José Farmer kreierte, deren Bewohner starben und wieder auferstanden als die, die sie vorher waren, doch nicht beliebig oft? Irgendwer schuf uns Höllen und Himmel, die vorher nicht da waren, jetzt aber existieren - und wir in ihnen?

Wer aber ist »irgendwer«?, fragst du dich.

»Irgendwer«, das könnten wir selbst in der Zukunft, in ferner Vergangenheit, in einer anderen Dimension sein. »Irgendwer«, das mögen Außerirdische sein, kleine Götter oder aber GOTT selbst. Oder aber wer noch?

Längst existieren diese Nachtodeswelten in unseren Gedanken.

Haben *wir* sie also nicht schon erschaffen?

»Dante«, flüstert irgendwer.

Deshalb sind sie da und so real wie alle Monster, Drachen, Einhörner, Elben, Feen und Engel unserer Fantasie!

Verkaufsfahrt

Haha, den dritten Preis soll ich gewonnen haben. Und das bei einem Preisausschreiben, an dem ich niemals teilgenommen habe. Andererseits, Geld kann man ja auch als Rentner gebrauchen. Also fahre ich mit, obwohl ich Bescheid weiß. Denn ich war schon mal dabei. Denn ich sah einen Beitrag über Verkaufsfahrten bei *Wiso*. Nicht nur ich, sondern auch die anderen hier in der Halle sind sicherlich »Gewinner«, zappeln wie ich am Köder Geld.

Und der da vorne will nur sein Zeug verkaufen, dacht ichs mir doch, ignoriert einfach so meine Frage zum Gewinn.

Jetzt reichts aber. Empört stürme ich vor und packe, nein, berühre ihn nur einen Augenblick und – habe mich auch schon wieder unter Kontrolle, gehe friedlich zurück auf meinen Platz.

Dort oben auf der Bühne aber geschieht Erstaunliches: Der Typ altert im Zeitraffer, 35 mag er gewesen sein, jetzt sieht er aus wie 70.

Mein Gott, jetzt taumelt er, kommt torkelnd herab, mischt sich unter uns - Menschen. Müde setzt er sich. Jetzt ist er einer unter vielen, auch wenn ihn seine Kleidung - schicker Anzug von bester Qualität und Krawatte en mode - von uns Rentnern und Pensionären mit unseren Frauen abhebt.

Ich schaue mich um. Seltsam, die anderen scheinen gar nichts mitbekommen zu haben, starren einfach geradeaus, erheben sich schließlich aber doch, die Show ist aus.

Halleluja, die Lobpreisungen der Ware haben ein Ende gefunden.

Und wenn ich auch gefallen bin, so bin ich doch ein Engel des HERRN, denke ich und wundere mich über meine Gedanken.

Wir fahren im Bus nachhause.

Wochen später, seinen Job ist der Verkaufsfahrttyp längst los, kommt die Mitteilung ins Haus, dass er gewonnen habe, den Hauptgewinn.

Toll, denkt er, den hol ich mir, da fahr ich mit. Er tut es, einmal, zweimal, dreimal, immer wieder. Längst kann er nicht mehr davon lassen, ist süchtig geworden. Bei allen Veranstaltungen ist er dabei. Sein Erspartes ist längst dahin, und seine Schulden wachsen.

Von Höllen und Himmeln

Wir schreien.

Wir schreien in den Gräbern. In den tiefsten Höllen winden wir uns vor Schmerzen.

Warum wir schreien, willst du wissen?

Wir wollen heraus, hinaus, in den Himmel hinauf. Wir wollen Erlösung von der Folter. Wir wollen aus der Schwärze und Kälte in Wärme und Licht.

Doch niemand kommt hier raus. Niemand wird erlöst. Und mir, der ich einer von den Unzähligen bin, fällt ein, was geschehen mag, wenn einem von uns die Flucht gelänge: Oje!, er trüge ja unseren Neid und Hass mit sich in die Himmelswelten, zu den Engeln.

Mag sein, dass es dem einen oder anderen Wesen von Zeit zu Zeit - Jahrhunderte, Jahrtausende, Jahrmillionen mögen vergehen - mit teuflischer Hilfe gelingt.

Ja, *das* mag die Art sein, wie sich die übereinander und ineinander geschachtelten unzähligen äußeren und inneren Höllenwelten vermehren.

Wächter der Ewigkeit

Wesen könnten dort draußen sein, die »ewig« an den Toren wachen. Ja, sie selbst könnten lebendige Tore sein.

Dort stehen gewaltige Säulen, die sehen aus als wären sie aus Stein und sind es doch nicht. Niemals siehst du eine allein, auch nicht in großen Gruppen beieinanderstehen, sie sind immer nur zu zweit. So bilden sie, wenn sie sich zueinander biegen, gigantische Tore, die nur selten ein Wesen durchschreitet.

Doch auch in *dir* könnten Tore verborgen sein, die sich von Zeit zu Zeit öffnen, Tore in die Ewigkeit, Tore *nur* für dich. Dann bist *du* allein Wächter, Tor und Wanderer zugleich.

Irgendwann gehst du von Leere im Geist erhellt durch eins der Tore hindurch, welches sich nur einmal - und das ist heute an diesem großen Tag - für dich geöffnet hat. Du durchschreitest es mit schweigender Seele. Dein Geist ist wie die Oberfläche eines kristallklaren Sees hoch oben in den Bergen, der weder Zufluss noch Abfluss hat, jetzt in diesem Augenblick zu dieser einen windstillen Zeit.

Es geschieht genau jetzt: Die Schlangenkraft mit Namen Kundalini, die aufgerollt am unteren Wirbelsäulenende zwischen Genitalien und Anus in dir ruht, entrollt sich lautlos und steigt auf, windet sich durch die Zentren feinstofflicher Energie bis zum obersten über dem Scheitel deines Kopfes liegenden siebten Chakra mit Namen Sahasrara.

Alle Sieben leuchten zugleich. Dein Körper glüht vor Wärme. Über ihm strahlen tausend Lotosblätter so hell wie zehn Millionen Sonnen.

»OM«, singen die tausend Mönche immer wieder, wie auch damals, als Manfred der Magier in den Bergwelten des Himalayas starb. Wir erinnern uns an seine weite Reise von der Stadt in den Wald, über Steppen und durch Wüsten hinauf zu den Höchsten Bergen, wo ihn der Tod ereilte.

Überall in dir schwingen die Echos von Klang und Licht - und Leere, die Ewigkeit ist.

Warum weinst du?

»Warum weinst du?«, fragst du mich und schaust mich an.

Langsam erwache ich aus meiner Trauer, hebe meinen Kopf, sehe dich verschwommen hinter Tränenschleiern und antworte dir:

»Weil du ein Mensch bist.

Weil du gehst, wie all die anderen vor dir.

Weil ich gehe, gegangen bin, darüber hinausgegangen und wieder zurückgekehrt bin.

Deshalb weine ich. Deshalb!«

Dann stehe ich auf und wende mich ab von dir.

Du siehst mir voller Sehnsucht nach.

Ich gehe, drehe mich nicht mehr um, gehe dem roten Abendsonn entgegen.

Alles lasse ich hinter mir.

Nichts hält mich jetzt mehr auf, nichts.

Ich werde Licht sein in der Schwärze der Nacht.

Ich werde Schwärze sein im Tag.

Ich werde das Meer erreichen, hineinschreiten und als Fisch unter Fischen schwimmen.

Dann werde ich aufsteigen ins All und meine Reise zu den Sternen beginnen.

Anderen Wesen werde ich in den Kosmen begegnen, doch niemals wieder die Erde betreten.

Deshalb weine ich noch immer.

Wasser und Feuer

Wasser tropft von den Bäumen, von den hängenden Zweigen hinab. Wasser tropft auf meinen Kopf. Da sind keine Haare mehr, mein Schädel ist nackt. Und die Tropfen tropfen immer auf dieselbe Stelle, bis dort ein Loch entsteht. Steter Tropfen höhlt den Stei... - Knochen. Tropfen tropfen bis tief ins Hirn. Und nichts geschieht, keine Veränderung nirgendwo - rein äußerlich, versteht sich.

Jetzt aber steigt Rauch aus der Öffnung. Nein, es ist ja gar kein Rauch, sondern Dampf. So schwindet das äußere Wasser dahin vor dem Feuer in mir.

Und die Folterknechte fluchen, weil ich nicht schreie, sondern lache.

Und schon stehen sie in Flammen, brennen und brüllen, laufen hinaus und wälzen sich auf der Erde - vergeblich!

Denn mein Atem hat sie entzündet. Denn mein Menschenkörper ist gegangen. Der Drache ist in mir erwacht, schon aus dem toten Leib gekrochen. Noch ist er menschengroß.

Jetzt aber zerreißt er seine Fesseln, steht brüllend auf. Von einem Augenblick zum anderen gewaltig angewachsen entfaltet der rote Drache seine Flügel.

Mauern stürzen, nur Trümmer bleiben von dem alten Haus, in dem einer von vielen gefoltert wurde.

Blinzelnd schaut der Drache empor in die schwarze Nacht, spricht fauchend das eine magische Wort.

So ziehen die Wolken davon. Und der Himmel tut sich auf. Die Sterne erscheinen. Und der Drache, Jahrzehnte in einem Menschenkörper gefangen, steigt brausend auf, verlässt die Erde.

Weinen

Ich sehe und weine und sehe ...

Und durch meine Augen sehen es die anderen. So weinen auch sie.

Ich sehe diese Welt, die wir Menschen Erde nennen, heute und hier, jetzt. Ich sehe sie zu anderen Zeiten, zu allen Zeiten. Und auch die anderen Welten sehe ich in mir, all diese Welten.

Solche Weiten umfasst mein Geist. *Alles* ist in *mir* - alles ist in UNS.

WIR weinen und lachen.

WIR tanzen und singen.

WIR weinen nicht mehr, sondern lächeln.

Wellen

Du schaust in dieser einen Novembernacht empor.
Die Himmel öffnen sich über dir.
Wellen durchfluten deine Stirn, dein Hirn.
Schwarz klappt weg.
Allüberall strahlt Weiss.
WEISS.
Und Rot, Gelb, Grün und Blau, alle Tagesfarben sind gegangen, die deine Augen nie mehr sehen werden.
Du lauschst dem Blätterrauschen im Wind. Längst sind Motoren und Menschenworte verstummt. Die Gesänge der Natur verklingen. So hörst du die Lieder der Erde ein letztes Mal.
Du riechst - nichts mehr.
Du tastest ringsum mit ausgestreckten Händen.
Du ...
WEISS - STILLE - LEERE

Die Welt steht still

Die Welt steht still.
Nichts geschieht mehr?
Nichts geschieht!
»Was für eine Welt?«, fragst du verwundert, der du in einer anderen Welt lebst, jenseits, darüber oder darunter, aber nicht darin.

Du hast das Buch noch nicht gelesen, in dem diese Welt lebt, die nun stillsteht.

Warum sie das tut?, willst du wissen.

Ganz einfach, weil der erste Teil dieser *einen* Welt von Millionen aus dem Geist eines Autors floss, doch noch immer nicht der zweite. Mag sein, dass dieser kleine »Gott«, der nicht GOTT ist, sondern vielleicht nur ein kleiner Mensch, der sie erschuf, nicht mehr lebt oder irgendwo im Datenbilderkonsumentenrausch verlorengegangen ist. Wer weiß!?

Deshalb also endet alles dort, wo das erste Buch endet. Und nichts geschieht mehr in ihr. Alles bleibt, wie es war.

Still steht die Welt.

»Wer bist du?«

»Wer bist du?«, lautet die Frage.

Sterbende Augen schauen dich an.

Du kennst sie. Es sind *deine* blaugrauen Augen, die *dich* sterbend still betrachten.

»Wer bist du?« Immer wieder ist da diese *eine* Frage, von anderen an dich, von dir an andere, von dir an dich vor dem Spiegel gestellt: »Wer bist du?«

»Wenn ich doch nur meinen Namen wüsste!«

Du lebtest bald hier, du lebtest bald dort. Jung warst du einst, wurdest älter und älter, so alt bist du nun und weißt noch immer nicht, wer du bist.

Längst hast du es eingesehen: »Niemals in diesem Leben werde ich die Antwort auf diese *eine* Frage aller Fragen erhalten.

Wissen ist Macht!

Wer aber von uns darf seinen *wahren* Namen kennen? Wer von uns soll so mächtig sein, über alle Anderen zu herrschen?

Und wenn du deinen geheimen Namen jetzt noch erführst, wüsstest du dann mehr?

Sind Namen nicht doch nur Schall und Rauch?

Bedeutete dieses Wissen wieder Leben für dich?

Dein Herz steht still.

Wer wir sind?

»Wer bist du?«, flüstert die Stimme in dir.

»Ich weiß es!«, schreit einer dort drüben und rennt kichernd an dir vorbei.

Meint der mich? Weiß er wirklich, wer ich bin?, fragst du dich und wirst es doch niemals erfahren.

Du bleibst stehen, rührst dich nicht vom Fleck.

Und die Menschenmassen strömen an dir vorüber. Keiner kümmert sich um den Anderen: so geschäftig, keine Zeit - keine Zeit! Und die Tage, Wochen, Monate, Jahre vergehen wie im Flug. Alt und älter, krank und kränker, immer schwächer werden sie, bis der Tod sie endlich holt.

Du suchst den stillen Platz im Stadtgewimmel, findest das offene Tor und nimmst Platz auf einer Bank mit hochgewölbtem Sitz aus grünem Stahlgeflecht, die steht im Kirchengarten nicht unweit vom Hauptbahnhof in Saarbrücken. Vor dir ragt ein Turm gewaltig auf, doch nicht der zu Babel. Es ist ein Kirchenturm mit Glocken. Christlich, versteht sich, denn Moscheen sind hierzulande noch selten.

Wie schön! Da sitzen ältere türkische Männer, sicherlich fromme Muslime, links von dir auf Bänken beim Mittagsplausch.

Du schließt deine Augen und siehst den jungen Mann im Park zu einer längst vergangenen Zeit an einem anderen Ort, in einer Stadt mit Namen Kaiserslautern träumend auf einer aus Holz gefertigten Bank. Mag sein, dass er schon vor Jahren gestorben ist. Doch wäre es auch möglich, dass er noch immer irgendwo und irgendwann im Licht der Vollen Mondin lebt, die dort niemals schwindet noch jemals untergeht.

»Und wer ist er?«, flüstert wieder diese Stimme in deinem Kopf. »Und wenn *er* er ist, wer bist dann du? Oder ist er du und bist du er? Weißt du, *wer du* bist?«

Die Worte der Männer neben dir und das Rauschen des Verkehrs verklingen hinter deinen noch immer geschlossenen Augen. Du atmest tief ein und aus und ein …

»Stille und Sturm«, flüstert die Stimme.

»Schmecke, rieche, höre, schau, fühle, sei alles!«, flüstert, singt und ruft er / sie / es dort draußen, oben, unten, jenseits.«

Schwärze steigt auf, fällt aus blauen Himmeln. Sterne leuchten.

Jetzt öffnest du Augen, Ohren und Mund.

Jetzt »siehst« du die Erde sich unter dir drehen und die Mondin sie umkreisen und …

Ruck / Schnitt

… das Sonnensystem mit all seinen Planeten und Monden, wie sie kein Mensch mit welchen Sinnen auch immer, es sei denn in einer Simulation, wahrnehmen kann.

Wieder ein Ruck, der wirft dich weiter hinaus.

Und da liegt sie zu deinen »Füßen«, diese eine, »deine«, »unsere« Galaxie, an deren Rand sich unser Sonn bewegt. So siehst du sie sich rasend lautlos um das Schwarze Loch im Zentrum drehen, siehst Sterne werden und vergehen.

Du schaust, du lauschst noch immer, während du dich immer weiter vom Erdenmenschensein entfernst.

»Ich – ich – ich«, flüstert deine kleine Seele und weint – vor Glück.

»Wir sind«, singen die Stimmen ringsum und jetzt auch in dir.

»Jetzt weißt du, wer du bist!«, flüstert deine Stimme dir zu.

Du löst dich auf im VIELEN, ALL, EINS.

Wiesen

Hell funkeln die Sterne im Dunkel.

Wir lassen uns fallen in endlose Wiesen, schließen die Augen und lauschen.

Lautlos für unsere Ohren wachsen Gräser, doch rasend schnell und dicht ringsum empor.

Blüten locken mit ihren Düften die Schwärmer der Nacht, wo Spinnen in Radnetzen lauern.

Eine Schleiereule gleitet nahe der Kirche unter dem Licht der Vollen Mondin dahin. Sie hört die Maus, schwebt lautlos heran, schon packen ihre Krallendolche zu.

Erwachen im Morgendämmern. Leuchtend roter Sonn. Hell und heller wirds, der Tag beginnt. Die Vogelmänner singen ihre Lieder, jeder für sich und alle zusammen.

Wir schauen die Himmelsbläue über uns.

Wir schweben empor, ziehen mit den weißen Wolken der Erde dahin.

Wir gleiten zurück.

Sonnenstrahlen küssen unsere Leiber, die noch immer hier unten im Schoß der Erde ruhen.

Leise, ganz leise fallen erste Regentropfen.

Wasser benetzt unsere Seelen.

Springen wir auf? Tanzen wir den Regentanz?

Wir albern und hören längst vergessen geglaubtes Kinderlachen wieder: Grashalme kitzeln am Ohr!

Gräser und Kräuter neigen sich uns zu und bedecken unsere Körper.

Während die Welt unter einem Mantel aus Schnee begraben liegt und eisige Kälte dort oben herrscht, ruhen wir und schlummern sanft und friedlich mitten unter winzigen, krabbelnden Spinnen.

Winterträume.

Wir träumen davon, dass wir dem Ruf der Nacht folgen, am Morgen erwachen und wieder Kinder sind.

Wir träumen, dass wir die Sterne flüstern hören und selber Sterne sind.

Träumen wir nur zu träumen?

Wind weht

Du streckst deine Arme aus - zur Seite, drehst dich im Kreis, hältst an und inne, schaust auf ins Laub.

Wind weht.

Du siehst aus dem Fenster der Bibliothek und betrachtest still den Pappeltanz.

Dem Rauschen lauschen, dem Sommerlaub der Bäume.

An manchen Tagen aber dröhnen die Motoren der Transportmaschinen dort oben so dicht über der Stadt nach Ramstein zur Airbase hinüber, wo einst die Katastrophe geschah.

Platanen umstehen die Plätze und flankieren die Straßen. Doch Robinien sind es - je zwei, die sich einander nähern und berühren, dort oben über der kleinen Straße, in der du wohnst.

WIR und er

Einst schickten WIR einen von UNS, etwas von UNS, einen Teil von UNS auf die Erde hinab.

Ja, jetzt flutet die Erinnerung zurück.

Der, den WIR schickten, wurde dort unten als Mensch unter Menschen geboren. Er nannte sich Sohn des Vaters, damit die Menschen ihn verstanden und weil er in einer Gesellschaft aufgewachsen war, in der Väter und Männer, zumindest nach außen hin, das Sagen hatten.

UNS aber, die WIR alles sind, nennt man dort unten den »Heiligen Geist«.

Und die wenigen, die den Erlöser sahen und an ihn glaubten, starben trotz aller Verfolgungen nicht aus. Denn immer wieder gab es neue Gläubige, die überlebten und seine Worte überlieferten, auf dass ihre Kinder und Kindeskinder irgendwann begreifen würden.

Ich beginne zu verstehen. Erinnerung flutet zurück, Erinnerung an ihn, der die Liebe zwischen Menschen lehrte und das ewige Leben, das er schon immer führte.

Denn *er*, dessen Name Jesus war, den sie kreuzigten mit einer Dornenkrone auf dem Haupt, den sie deshalb den Gekreuzigten - Christus nennen, ist ein Teil des Ganzen.

Und *ein* Name des *Ganzen* lautet GOTT.

Wirf ab!

Er schaut dich an. Sein Mund - nein, seine Stimme flüstert in dir:

»Wirf ab wirf ab
Kleidung Haut Fleisch und Knochen!
Was bleibt, das bleibt«

»Was bleibt?«

»Alles was du tatest
Alles was du dachtest
Alles was du denkst
Alles was du tust«

Noch immer schaut er *dich* an: deine Seele, die da steht und schwebt – und geht? Denn alles hast du nun abgeworfen.

Doch wer ist er?

Das Wispern

Es ist Mitternacht.

Du bist zuhause angekommen, hast dein Dachzimmer betreten. Es ist warm.

Auf rollenden Rädern schwebtest du durch die Sommernacht unter einer dichten Decke aus Dunkelheit dahin. Du liebst sie nicht - diese Wolken. Sie drangen in dich ein, umwölkten deine Stirn. Jetzt träumen sie in dir.

Du liegst auf deinem Bett, zufrieden mit der Arbeit. Du wirst deinen Doktor bekommen. Das vertreibt die Düsternis, macht dich wieder froh. Du ruhst dich aus.

Du willst dir ein Buch nehmen und lesen. Du greifst neben dich, du siehst es vor dir, da ... brechen die Stimmen durch. Sie sind in dir, du hörst sie flüstern und wispern.

Lautlos schreist du auf: »Nein! Ich bin ich! Seid still!«

Doch die Stimmen schweigen nicht.

Du weißt, sie sind stärker, du weißt, das ist der Wahnsinn, der dich ruft.

Also lässt du sie flüstern. Was könntest du auch anderes tun?

Du liegst still. Du entspannst deine Glieder und deinen Geist. Du lässt weißes Licht in dir leuchten.

Und das Wispern wandelt sich zum tiefen Cellosyntheton. Worte werden daraus geboren. Jetzt verstehst du die eine sich endlos wiederholende Frage: »Wer bist du? Wer bist du? Wer bist du?«

Und die Stimmen hören deine Antwort, die du nie sagst, die etwas in dir weiß, die etwas ihnen gibt.

Sie haben Gestalt angenommen und fallen nieder, senken ihre Häupter in den Staub - und *das* vor *dir!*

Strahlend stehst du im Zentrum der Welt.

Vor dir knien Schatten, andere kriechen heran.

Und die, die sich nähern, schreien auf. Brennend fallen sie ins Nichts. Staub zu Staub!

Du aber bist das Licht in der Schwärze.

Längst schweigen alle Stimmen in dir.

Du liegst auf deinem Bett, still, versenkt und entspannt mit einem Lächeln im Zentrum deiner Stirn. Es ist *dein* ewiges Lächeln, dass du einst einem Fischernetz gleich über die Menschen warfst.

Einst nannten sie dich Buddha, den Erleuchteten.

Vollständig in die Gegenwart deines Zimmers zurückgekehrt, erhebst du dich. Du zündest eine Kerze an. Vor deinen Augen brennt die gelbe, aus Blau und Docht geborene Flamme.

Wenig später fällst du tief in den dunklen Kerzensee, dort hinein, in den Flammenspiegel, in dem du *dich* erblickst.

Du bist dein Spiegelbild.

Hier siehst du einen Menschen, hier bist du Mensch.

Zugleich aber bist du ein glühender Sonn, ein liebendes Licht, das immer wieder töten muss und immer wieder Sonnen gebärt. Und du bist mehr.

Nie wieder werden fremde Stimmen in dir flüstern. Nie wieder wird es Fremde in dir geben.

Du gehst zum Fenster und schaust hinaus.

Dein Blick lässt die Wolken weichen.

Du siehst empor in das glitzernde Meer der Sterne.

Sie sind es, die du liebst. Denn sie sind deine Kinder.

Sehnend streckst du deine Hände aus. Deine Augen glühen. Tränen rollen an deinen Wangen hinab.

Staunend schaust du dein Morgen.

Du begreifst es nicht, *noch* nicht. Doch du kennst es, tief in dir liegt es, umhüllt vom Gestern. Es wartet einer Knospe gleich, die einst in einer Nacht erblühen wird.

Du siehst die Sterne in dir brennen.

Du bist der schwarze kosmische Raum.

Du bist die Kälte der Welt und das Glühen der Sterne.

Du bist Weinen und Lachen und Lächeln.

Du bist Mensch. Du trocknest deine Tränen. Wie glücklich du bist!

Du legst dich hin, schläfst ein.

Du träumst nie endende Träume.

Du träumst, du wärst ein Sternenschöpfer, der träumt, ein Mensch zu sein, der sich zum Schlafen niederlegt und träumt, ein Sternenschöpfer zu sein.

Yin Yang

Ich bin Yang: männlich, positiv, hell.
Ich werde Yin sein: weiblich, negativ, dunkel.
Ich werde sein, was in mir schlummert.
Yang bin ich, die Bewegung auf dem Leuchtenden Pfad, auf der Suche nach Yin, der Stille, der Vollendung.
Eines Tages werde ich Yin sein.
Doch schon jetzt bin ich Yin und Yang, Tai-Chi, Tao.
Das Universum und die tausend Dinge erschuf ich mir, erschufen wir uns.
Denn ich bin ein Teil des Ganzen: WIR - ALL - NICHTS - GOTT.
Ohne Anfang und ohne Ende.
Im ständigen Wechsel.
Unwandelbar dahinter.

ZUHAUSE

Du schwebst in dir
Welch leuchtende Räume, denkst du
Denn alles schimmert und glänzt in allen Farben
Tief atmest du ein die frische Luft
die nach Pflanzen und Erde riecht
Sanfte Hände streicheln dich
Weiche Lippen küssen deinen Mund
Stille
Nichts denkt jetzt mehr in dir
Du schwebst
Du bist
Schweigend schwebst du
durch endlosen Raum
Du bist mit allem eins
Du bist zurückgekehrt

Belletristik von Rainar Nitzsche

Die Pfadwelten - Die Trilogie

Die phantastische Reise von Manfred dem Magier, einem Zauberer ohne Zauberstab und Zaubersprüche, aber mit einem Schwert, das erscheint, wenn es gebraucht wird, und mit der Fähigkeit sich in alle möglichen Wesen zu verwandeln. Sein Weg durch die Bioregionen der Erde, Fantasywelten mit Fabelwesen und den berühmtesten Samurai auf der Suche nach der großen Liebe und im Kampf gegen ein uraltes unsterbliches schwarzes Wesen aus der Welt T-Her.

Der Leuchtende Pfad des Magiers. PFAD 1, 186 Seiten, handsigniert, nummeriert, limitiert auf 207 Exemplare, ISBN 978-3-930304-03-5 Neuauflage als E-Book ISBN 978-3-7380-3245-1

Wandlungen der Drei. PFAD 2. 194 Seiten, handsigniert, nummeriert: 50 Exemplare, ISBN 978-3-930304-13-4 Neuauflage als E-Book ISBN 978-3-7380-3449-3

Wüsten-Berges-Himmels-Weiten. PFAD 3. Meditative Bio-Fantasy, 180 Seiten, handsigniert, nummeriert, limitiert auf 50 Exemplare, ISBN 978-3-930304-17-2 Neuauflage als E-Book ISBN 978-3-7380-3471-4

Der vierte Band - Kosmos und Einswerden

Seelenreisen von Menschen- und Arachnoiden, ES, Katzen und eines Schneckenwesens durch Raum und Zeit bis zur Vereinigung der Sieben und zur Erleuchtung.

Ins All - Im Eins. PFAD 4. 208 Seiten, handsigniert, nummeriert, limitiert auf 50 Exemplare, ISBN 978-3-930304-14-1. Neuauflage als E-Book ISBN 978-3-7380-3529-2

Gesamtausgabe Bände 1-4: *Die Pfadwelten* als E-Book ISBN 978-3-7380-5012-7

Pfadwelten-Titel von Alexa E. Bach

Der Schneckenkönig. Auf der Suche nach der großen Liebe und seinen Untertanen beggenet der Schneckenkönig den wunderlichsten Wesen, wie den Buntlingen und lebendigen Spielfiguren. 76 S., ISBN 978-3-8423-5587-3. Als E-Book ISBN 978-3-7412-4852-8

Fantastische Kurzprosa
Die MONDIN-»Trilogie« - Vollmondnacht

Ruf der Mondin. Lieder der Nacht. 62 Seiten, ISBN 978-3-9802102-5-6

Im Licht der Vollen Mondin. 132 Seiten, ISBN 978-3-930304-04-2

Mondin-Schein und Sein. 176 Seiten, ISBN 978-3-930304-12-7

Drei Themenbände: Tag, Spiegel, Kosmos

ATON Vater Sonn. Taggeschichten. 184 Seiten, 50 handsignierte, nummerierte und weitere Exemplare, ISBN 978-3-930304-09-7

Spiegelwelten deiner Seele. Spiegelgeschichten. 125 Seiten, 2. überarbeitete Auflage ISBN 978-3-7412-5200-6 und E-Book, 1. Auflage, 50 handsignierte, nummerierte und weitere Exemplare, ISBN 978-3-930304-27-1

Still riefen uns die Sterne. Kosmische Geschichten, 164 Seiten, 50 handsignierte, nummerierte und weitere Exemplare, ISBN 978-3-930304-29-5

Engel und Erleuchtung, Vampire und Parallelwelten, Spinnenträume

Von Engeln, Erleuchtung und Ewigkeit. Meditative Kurzpros. 3. überarbeitete Auflage, 149 Seiten, ISBN 978-3-7412-6662-1 Rainar Nitzsche / Harald Fuchs, 2. überarbeitete Auflage, 144 Seiten, ISBN 978-3-930304-78-3

Das Schlafende steht auf aus Seinen Träumen. Fantastische Kurzprosa mit dem Gemälde der Mona Lisa, eigenen Fotocollagen und Fotos - alles effektvoll verändert, Vampire, Fabelwesen, Parallelwelten, 122 Texte, 30 Abbildungen, 204 Seiten, ISBN 978-3-930304-77-6

Spinnentraumgespinste. Spinnenträume und Spinnenbegegnungen. Mit über 80 verfremdeten Fotos sowie Grafik vom Verfasser. 2. überarbeitete Auflage. 164 Seiten, ISBN 978-3-930304-70-7

Anthologie

Märchens Geschichte. Neue Phantastik- und Horrorgeschichten. 63 Storys, 27 Autoren, 220 Seiten, ISBN 978-3-930304-01-1

Lyrik

Ewig sein in Stille. Meditative Lyrik. 2. überarbeitete Auflage in Vorbereitung. Rainar Nitzsche / Berthold Mallmann. 1. Auflage, nummeriert, handsigniert, limitiert auf 50 Exemplare, 120 Seiten mit 21 Grafiken, ISBN 978-3-930304-26-4

Klang über den Meeren der Zeit. Nummeriert, handsigniert, limitiert auf 313 Exemplare, 72 Seiten mit 31 Grafiken, 26 Gedichten, ISBN 978-3-930304-07-3

OM oder Das Rauschen der scheinbaren Leere. Meditative Lyrik. Nummeriert, handsigniert, limitiert auf 316 Exemplare, 80 Seiten, ISBN 978-3-930304-02-8

Die Zeit der Bäume. Nummeriert, handsigniert, limitiert auf 304 Exemplare, 60 Seiten mit 23 Grafiken und 26 Gedichten, ISBN 978-3-9802102-4-9

Olaf Olsen

Dreimal Horror kurz und schmerzhaft mit Illustrationen von Rainar Nitzsche

ES bricht hervor aus dir. Nummeriert, handsign., limitiert auf 50 Exemplare, 106 Seiten, ISBN 978-3-930304-49-3

Höllen-Fahrten-Leben-Träume. Nummeriert, handsign., limitiert auf 50 Ex., 156 Seiten, ISBN 978-3-930304-31-8

Die Meere des Wahnsinns. Wenn sich die Grenzen verschieben. Nummeriert, handsigniert, limitiert auf 50 Exemplare, 78 Seiten, ISBN 978-3-930304-30-1